开普勒62号

[挪威]比约恩·肖特兰德 著 [芬兰]帕西·皮特卡能 绘 冷聿涵 译

计时

GUANGXI NORMAL UNIVERSITY PRESS
广西师范大学出版社
·桂林·

JISHI
计时

出版统筹：汤文辉　　责任编辑：王芝楠
品牌总监：耿　磊　　美术编辑：刘冬敏
选题策划：耿　磊　王芝楠　　营销编辑：董　薇
责任技编：王增元　郭　鹏　　版权联络：郭晓晨　张立飞

图书在版编目（CIP）数据

计时 /（挪）比约恩·肖特兰德著；（芬）帕西·皮特卡能绘；冷聿涵译．—桂林：广西师范大学出版社，2021.3
（开普勒 62 号；2）
ISBN 978-7-5598-3551-2

Ⅰ．①计…　Ⅱ．①比…　②帕…　③冷…　Ⅲ．①儿童小说—幻想小说—挪威—现代　Ⅳ．①I533.84

中国版本图书馆 CIP 数据核字（2021）第 006816 号

广西师范大学出版社出版发行
（广西桂林市五里店路 9 号　邮政编码：541004
网址：http://www.bbtpress.com）
出版人：黄轩庄
全国新华书店经销
保定市中画美凯印刷有限公司印刷
（河北省保定市西三环 1566 号　邮政编码：071000）
开本：880 mm × 1 240 mm　1/32
印张：5　　字数：90 千字
2021 年 3 月第 1 版　　2021 年 3 月第 1 次印刷
定价：45.00 元

开普勒62号

计时

开普勒

62号

欢迎来到
开普勒 62e

计时

目录

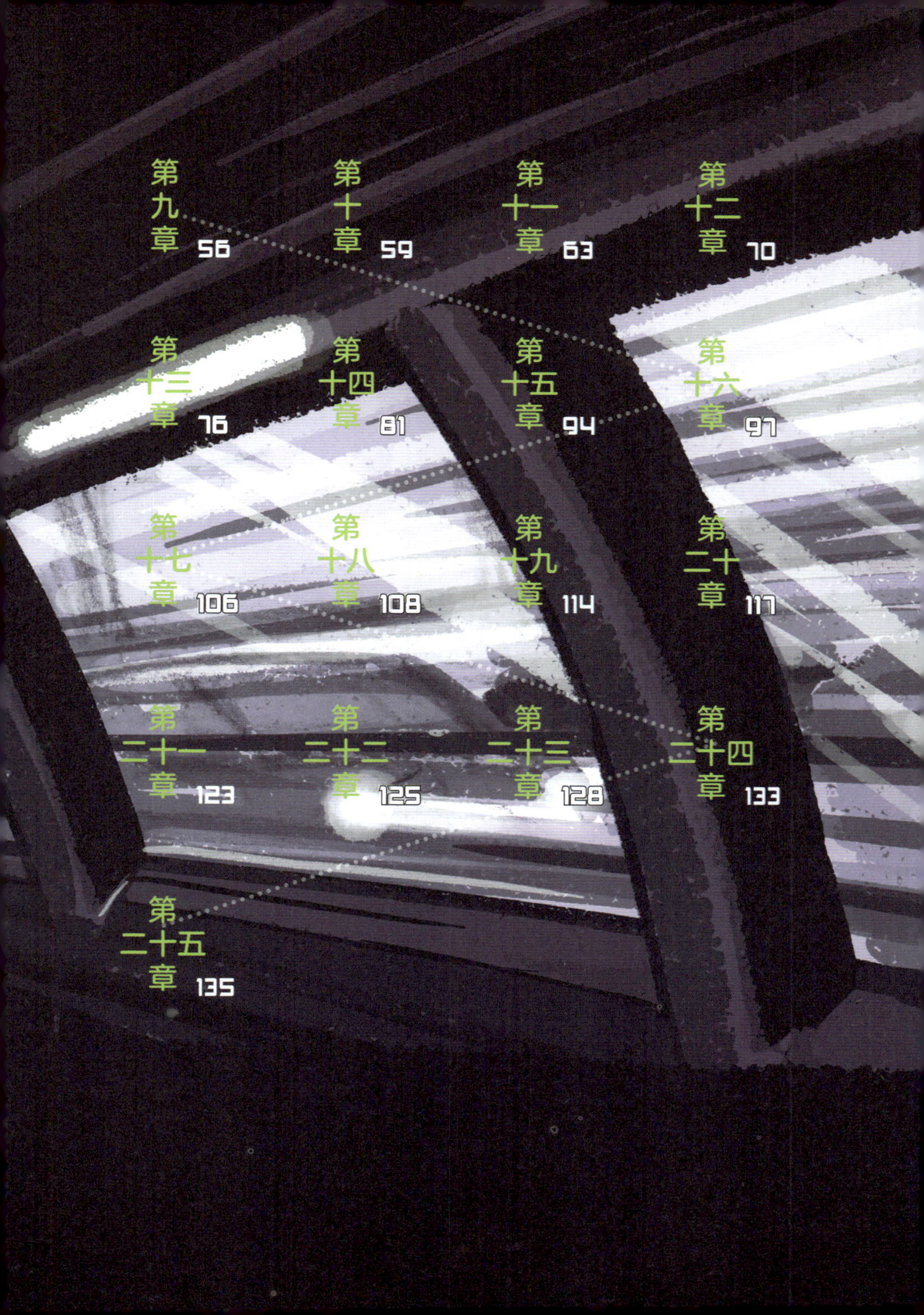

第一章

“总算是成功了……”一个男孩说道，“你之前说过，任何时候我都可以打电话给你。”

三秒钟之后，我终于意识到电话的另一端是谁了。

我看了一眼挂在墙上的钟，马上就要到睡觉的时间了，通常情况下这个时间我已经开始洗漱了。

“当然了，”我用自以为非常轻松愉快的语气回答道，“赶紧来找我，记住，在此之前不要和任何人提这件事。立刻坐出租车过来吧，我会给你报销的。对了，让司机把你送到喷泉旁边，你在那里下车。到时候我会去接你的，没有我的话你根本进不来。”

“明白。”一声简短的回答后，电话挂断了。

我没有告诉他的是，如果他不在喷泉那里停下，而是接着往前走的话，他一定会被击毙。希望他聪明的脑袋能意识到这一点吧。

心脏在我的胸膛里怦怦怦地直跳。

所有人都说，游戏有一个秘密关卡，我对此深信不疑。

在《开普勒 62 号》正式发行之前，大家就已经开始四处谈论它了：网络上充斥着各种关于游戏的疯狂言论和猜想，报纸、电视，以及收音机广播里也都是关于游戏的话题。

当然，其中炒作占据了绝大部分，然而，“成为故事中的一部分”这句话让所有人都摸不着头脑却又为此疯狂。这到底是什么意思呢？游戏里到底有什么呢？

那些头脑聪明的家伙，能够在大脑里同时思考许多件事情，他们清楚地知道，联邦在撒谎。谁能相信联邦呢？联邦的工作人员在开始和结束每一段讲话的时候总是会说一句“联邦是我们的朋友”，正是因为这样，他们才不可信。

而那些头脑简单的人则会相信，他们一次只能思考一件事情，对于他们来说，“联邦是我们的朋友”可是毋庸置疑的真理。他们根本不会去想，这一切可能都是谎言。

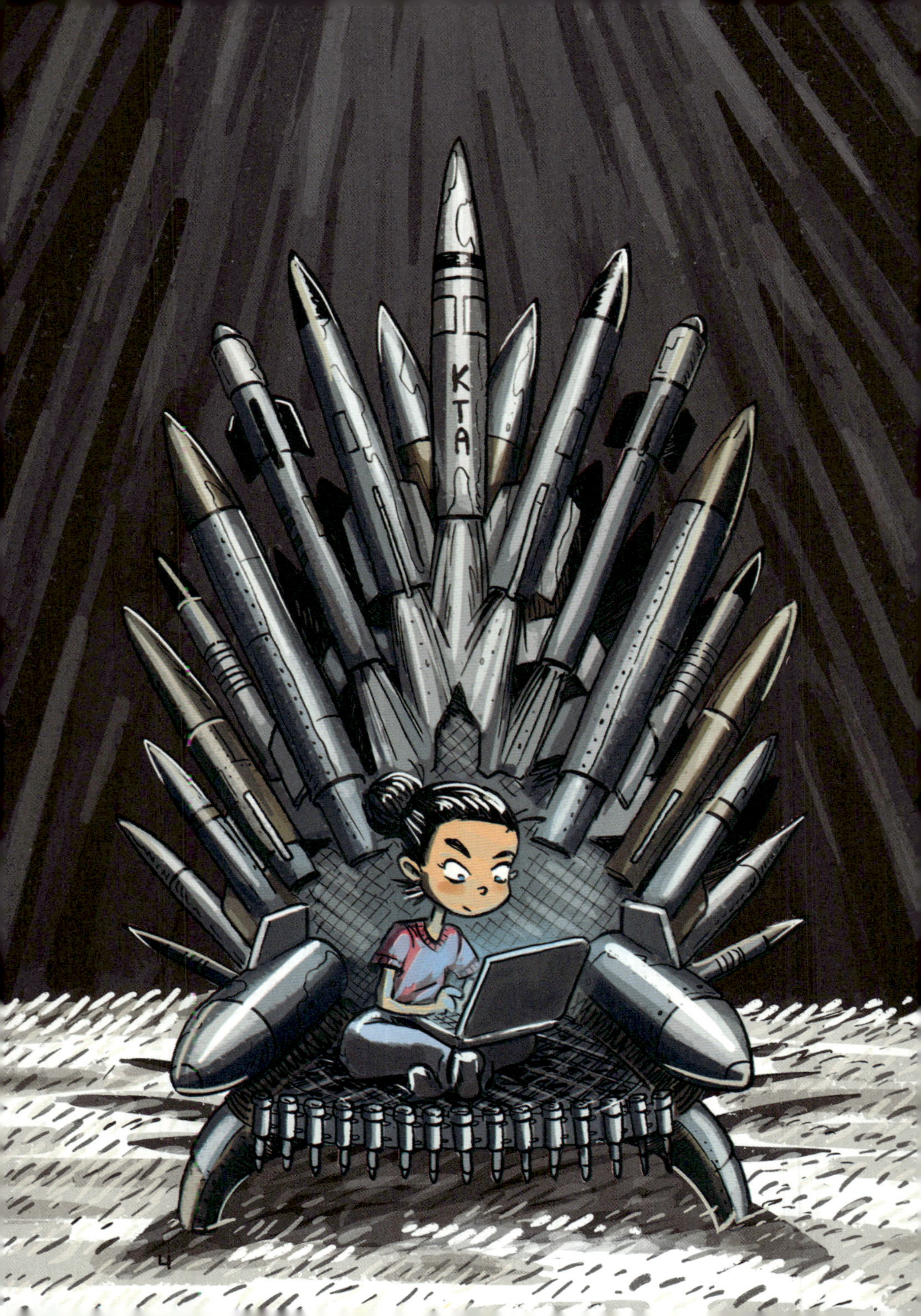
KTA

我总是在同一时间思考许多事情，我不相信联邦是我的朋友。我从来没有过真正的朋友，一个也没有，所以我是自由的，根本不关心任何事。

然而人们正到处谈论的《开普勒 62 号》却成功地引起了我的兴趣。这是第一次，我没能在第一时间就得到的东西，我知道，我面临着巨大的挑战。

关于游戏的一切不仅仅只在媒体上讨论。

我周围的人在谈论它，同时我所谓的朋友也在谈论它，我的所谓的朋友可不是少数，甚至我的体育老师也对其津津乐道，体育老师今年才 28 岁，但是每天都在盼望着退休后的自由生活。最后，更重要的是，没有人能从网络上找到游戏的答案，也没有人能从别处买到通关攻略。看起来，这个游戏简直就是一个不可完成的任务。

我暗暗立下誓言，必须把《开普勒 62 号》打通关，要一直玩到最后一秒。在我做了决定之后，奇怪的事情就发生了，谁也不知道到底是怎么回事，游戏就出现在了我家里。

报纸、网络还有电视上都在称赞联邦进行的宇宙探索之旅，这可是人类社会的新希望。各种各样的消息如潮水般涌入人们的生活中，街道上随处可见吹奏的游行乐队，以及迎风飘扬的彩色旗帜，每个人都能够得到可口的糖果。谁对这

些感兴趣呢？反正我永远也不会。这都只是联邦应用在人们身上的宣传手段罢了。

联邦害怕人们不再对未来抱有任何希望。事实上，我们正面临巨大危机。

我身边的人从来没有讨论过这个问题，但是我一直在思考，地球是不是马上要毁灭了？地球上的人口太多了，环境越来越差，战争更恶化了这一切，细菌拥有了防御能力，不再惧怕普通的药物。总之，人们的生存变得越发艰难。

我自己并不喜欢玩游戏，也不喜欢研究细节。《开普勒62号》的最后一关有个匕首，正好，最后一关里还出现了木门，大家都觉得匕首是用来在木门上刻下印记的，除此之外，谁也不知道它是否还有别的用处。玩这个游戏并不需要花很多钱，不需要买装备或者其他的法宝就可以玩到下一关，只有在最后关头需要连接网络。游戏的难度让大家大失所望，不过我喜欢。

网上的流言最终被证明是正确的，通向第100关的门后有着某样东西。这是秘密。到目前为止，只有一个韩国男孩、一个芬兰男孩、一个加拿大女孩，还有其他两个不知道从哪里来的玩家成功通关。这两个玩家不愿意透露任何消息，不过我在广告上看见过他们的照片，照片里他俩都穿着校服，照片上还印着《开普勒62号》的标志，此外，上面还写道："我们找到了答案，答案出奇得简单。"

"叮——"手机收到了一条新信息："我马上就到喷泉附近了，你出来接我吗？"

第二章

我摸了摸挂在胸前的心形吊坠，这是妈妈留给我的纪念。每当我感到紧张的时候，我都会这样做。吊坠是可以打开的，里面装着妈妈的照片。我不经常打开它来看，因为我太想念她了。

我穿上了妈妈留下来的红色长款外套。我一直把这件外套留着，不允许任何人把它扔掉。

外面下着大雨，密密麻麻的雨点噼里啪啦地砸在地上，我小心翼翼地走下楼梯，生怕自己在湿滑的台阶上摔倒。门前的台阶是用纯白的卡拉拉大理石做成的，再加上运输的费用，一共花费了大概四百万欧元。接着我迈步走向由钛合金制成的喷泉，这可是在爸爸的命令下，邀请世界上最厉害的艺术家杰夫·昆斯设计而成的。

出租车司机看起来似乎想赶紧向联邦警察报告，申请儿童保护，特别是这种孩子在夜晚单独外出的情况，根据法律

规定，是要报告给联邦人员的。

阿宁的脸色比往常要苍白许多，看起来精神也非常紧张，甚至有点心不在焉。

在司机关上车窗离开之前，我没有和阿宁说任何话。

阿宁是个游戏高手。自从《开普勒 62 号》莫名其妙出现在我家之后，有几个号称是游戏高手的人先后和我联系，虽然他们各自的方式不一样，但都知道我想挑战《开普勒 62 号》，都表示愿意助我一臂之力。这些人会是骗子吗？我有点犹豫，但是挑战《开普勒 62 号》的想法战胜了一切。即使他们真的是骗子，我又会损失什么呢？不如让他们试试看。

事实上，他们玩游戏的进展比我想象的要慢许多。

其实，他们每一个都很聪明，在玩游戏上都是高手。除此之外，他们没有属于自己的生活，就和我一样。他们甚至都没有可以让人记住的名字，“游戏高手”是他们仅有的称谓。他们从不外出，生活非常简单。

阿宁有一头油腻的长发，身上穿着拖地的雨衣，乍一看，就像是某部恐怖片里的人物角色。此外，他还穿着老式的迷彩裤子，破旧的水鞋，过大的 T 恤衫上面写着“逗你玩”。在几个游戏高手中，只有他成功通过了最后一关。实

际上，我早就猜到了。

“这是我玩过的最差劲的游戏。”他说，“我想了很多办法，一共尝试了6次才通关。所有人都能玩到第99关，但是……”

“好的，”我接着说道，“但是你通过了第100关，是吗？”

我尝试着让自己的声音听起来非常轻松。

“没错，”阿宁猛吸了一口气说道，“我成功了。”

这时，我感觉自己的心脏突然停止跳动了四下。

“然后呢？”

他呼出一口气说道：“我不太确定，不过你要知道，这可不是小事，玛丽。这根本不是什么游戏，而是……”

“进去再说。”我说。

我们一起走上台阶，通过那扇坚实的金属门，进入室内，这扇金属门之前是属于某个西班牙教堂的。进去之后，我们走下楼梯，来到了地下室的锅炉房。锅炉房十分宽敞，墙壁上装有漂亮的法式窗户，整个房间大到甚至可以装下一架塞斯纳飞机。

不过我们并不需要把飞机停在这里，我们在离主楼600米处有一块私人飞机场。主楼的后面建有游泳池，游泳池旁边是专门留给直升机起落的地方。当出现紧急情况时，使用直升机会方便很多。

阿宁停下了脚步，盯着前面两米高的火堆。

“我为这过度的奢华感到非常抱歉，只是我的爸爸希望他可以住在集教堂、哥特式建筑，以及霍格沃茨魔法学校于一体的房子里。”我说，“现在，你可以把游戏打开了。”

阿宁打开了他的笔记本电脑，开始在键盘上敲击起来。

“喂，”我说道，“你现在可以告诉我《开普勒 62 号》游戏最大的秘密是什么了吗？”

第三章

“在你给我看任何东西之前，我要坦白一件事，”我边说边竖起食指，“你是唯一一个来过我家的人，在你走出大门后，你可能会消失。”

阿宁看起来十分害怕。

唉，我真的不擅长讲笑话。在深夜三点半，我的幽默完全没有引起他任何的共鸣。也许这与我们所在的巨大无比的房间也有关系，没有人在家，但是所有的灯都是亮着的，这总会给人一种阴森森的感觉。墙上还挂着好多把猎枪，以及从世界各地收集到的死去的动物的头。我总感觉这些动物的眼睛还在牢牢地盯着我们。墙上挂的最多的就是肯尼亚雄狮的头，它们都是被我的父亲、我的祖父、我的曾祖父，以及我的曾曾祖父猎杀的。我们家族似乎有这种狩猎的传统。

阿宁犹豫了一下。他肯定也想到了，正常情况下，一个快要十四岁的孩子根本不会跟陌生人见面，并且还邀请他进入自己家里。我甚至还不知道阿宁真正的名字，现在的名字“阿宁”是我自己给他取的。

“所以，通向第 100 关的木门后面到底有什么？”我问道。

“事实上我感到非常失望，我以为我必须做一些非常困难的事情，但是相反，完全不需要，它非常简单。你家里有可乐或者汽水吗？”

“当然了，”我按下口袋里的按钮，然后对着一个微型麦克风说道，“马格达，拿两瓶可乐过来，把冰块放到单独的碗里。”

阿宁瞪着他那双通红的眼睛看着我。

“我觉得，每个游戏的结尾都不一样，不过都愚蠢极了。首先要用匕首按从小到大的顺序写下质数：2，3，5。匕首的把手上有一个暗格，把它打开，这是游戏中的人物一直带在身上的。五秒钟之后……当当！我打通关了！我当时立刻兴奋地跳了起来，但是紧接着我又有点害怕了，因为这时屏幕上出现了一条信息……”

阿宁的讲述停了下来。马格达走进房间，把托盘放在桌子上，他朝我点了下头就离开了。然而我注意到，他显然对有客人在我的房间内感到非常吃惊。

“哇呜！瓶装的可乐！现在基本上哪里都买不到了！”

“显然事实不是这样。”我说。

阿宁把可乐倒到杯子里，然后小口地品尝，似乎正在喝的并不是可乐，而是珍贵的皇室香槟。其实如果他想要喝香槟的话，我完全可以给他喝，我们家什么都有。

“你刚才还没说完呢！”马格达的身影一从我的视线里消失，我就赶忙催促阿宁把说了一半的话讲完。

“稍等一下，玛丽，”他说道，“我们马上会联系你的。”

“什么？”

阿宁把电脑屏幕展示给我看，上面写着一句话：

稍等一下，玛丽，

我们马上会联系你的。

“这条消息是直接发给你看的！他们怎么会知道你的存在呢？”

我的心跳顿时慢了半拍。

“这个游戏知道我的名字是玛丽？或者你在玩游戏的时候是用我的名字注册的？”

欢迎来到
开普勒 62e

“唔，其实……”阿宁接着说道，“其实他们先给我打了电话。”

“他们？你是说，有生命的人类给你打了电话？打给你的手机？”

“没错，我当然要把你的名字告诉他们了，毕竟你才是真正想去的那一个。”

“到底是谁给你打的电话？”

“一个女人，叫奥利维亚·科林。最最奇怪的是，她竟然知道我是谁，她也知道我会把这一切都告诉你。我实在搞不明白，这怎么可能？从来没有人能够查到我的 IP 地址。”

“这一切真是太疯狂了，”我感叹道，“她是从哪儿打来的电话？是代表哪个机构打来的？”

“她说她所在的机构叫 OTNSPCFRVR，本来她还打算给我解释一下这个名字的，但是我很早之前就已经知道这个机构了。”

“OTNSPCFRVR？”我紧跟着重复了一遍这个古怪的名字，就像是鹦鹉学舌一样，还是一只笨笨的鹦鹉。

“很少有人相信这个机构真的存在，它其实是一个组织，它是……”

“你慢点说，我可不是天才。”

“OTNSPCFRVR 是 Out In Space For Ever（遨游太空）的另一种写法，据说它与 NASA（美国国家航空航天局）的一个项目有关。”阿宁解释道。

他的嘴还在吮吸着冰块，要知道，我正竖着耳朵认真地听着呢。

“直到奥利维亚给我打电话以前，我都以为这个机构的存在只是一种传说罢了，谁能想到，这一切竟然都是真实存在的！这么不可思议的事竟让我们碰上了，你和我，玛丽！”

“这个机构要做什么？”

“‘遨游太空’打算将年轻人，最好是小孩子，都发送到开普勒星系去。开普勒 62 号是一颗恒星，只比太阳小一点，它的周围还环绕着五颗星球，这些星球上的生存环境与我们的地球很像。开普勒 62 号位于 1200 光年外，据说开普勒 62e 和开普勒 62f 上有生命的迹象，上面还有水源。一直以来都有类似的官方消息宣称，人类马上要到其他的星球上进行探索，但是说实话，之前我一直觉得这种事只能由专业的宇航员去做，毕竟他们之前可是去过月球呢！NASA 还制作了好多印有不同行星的海报，这些行星上将来可能都会有人类的足迹。”

“我曾经看到过这些海报，但是我从来没听说过这个‘遨游太空’。”

“这很正常，要知道，了解这种机密计划的人并不多，聪明人总有自己的办法知道这件事。这次，传言成真了。”

阿宁的眼睛在黑暗中显得格外明亮。

此刻的我则头晕目眩，甚至皮肤上有一种刺痛感。

“奥利维亚说很快会联系你的！我打赌，她明天就会给你打电话，真是太棒了！你看，这上面写着：‘稍等一下，玛丽，我们马上会联系你的。’”

我深深地吐了口气，努力装作若无其事的样子，摆弄着手里的鳄鱼皮钱包。我的祖父曾经用猎枪击毙过一只鳄鱼，这个钱包就是用它的皮做的。

阿宁盯着我看了半晌，看起来并不惊讶，相反，他似乎在同情我。

“为什么要帮我？”我忍不住问道，“你是想要钱吗？”

“这个你没必要知道。”阿宁思考片刻后回答道。

“那好，谢谢你！”我说，“记得出门的时候看路，小心车，过马路的时候要记得左右看，前后也要注意。小心发生意外。”

阿宁此时害怕地看着我。

“我在开玩笑，”我故作冷酷地说道，“对了，能把你的手机借给我吗？我想，他们还会给这个手机打电话来联系我的。”

“当然可以。”

他把手机递给了我。

第四章

在我看来，狩猎狮子根本一点意思也没有，整件事只是一个被夸大的“神话”而已。在大自然里，狮子没有任何天敌，其他的动物都可能成为它的食物，这导致狮子不会存有惧怕心理。它只会乖乖地站在原地，四处张望，顶多再摇一摇尾巴，对眼前的危险毫无戒备，所以捕猎狮子真是一件特别无聊的事情。不管你是聪明人还是普通人，不管你是大懒虫还是贪心鬼，都不应该做这种事。

我的家族里既有天才也有普通人，既有大懒虫也有贪心鬼，既有好人也有恶人，他们用尽一切办法赚钱。他们先是建造兵工厂，生产各种各样的武器，然后从战争中获利。兵工厂中制造出来的武器可以击毁陆地上的坦克、海中的潜艇，以及天上的飞机。许多孩子因为兵工厂生产的炸弹失去了双手或者双腿，或者父母的生命。我们家族的兵工厂是赫赫有名的威汉姆·瓦利为兵工厂，世界上最厉害的 KTA 导弹就是我们的兵工厂设计的。

对于武器我只是大概知道一些。但是，我没有爱我的家人。我的妈妈突然去世了，这一定是因为她的运气实在是差到不能再差了，医学上的原因是妈妈的心脏再也不跳了。我的爸爸则从来都不在家，他一年四季总是在世界各地出差，就希望能够多挣些钱。

我总是一个人待在这栋大大的城堡里，准确地说，除了我之外，还有马格达和阿尔弗雷德。他们的工作是看管我，不过他俩的年纪实在是太大了，每天都很疲惫，所以我可以由着自己的心意做任何好玩的事。

没有人真正关心我，仿佛我根本就不存在于这个世界上一样。我就像是一个愚蠢的漫画书中的主人公，又或者是一位被惯坏了的装腔作势的公主。没有王子喜欢这样的公主，也没有任何一个国家期望这样的公主成为他们的女王。如果当初妈妈没有抚养过我的话，我现在可能会成为更加讨人厌的巫婆，或者每天都沉迷于做些无聊的事。

我抱着笔记本电脑坐在沙发上，不停地浏览关于《开普勒 62 号》的信息，网上的信息无穷无尽，让我晕了头。奇怪的是，哪里都找不到介绍“遨游太空”的信息。似乎前往另一个星球旅行只是一个不切实际的疯狂想法。

我真的可以成为前往太空的队伍中的一员吗？

一想到这儿，我就十分紧张，怀里像揣着一只小兔子，七上八下地跳个不停。我会是幸运儿吗？

地球上没有人会想念我，我完全可以在全新的世界开始新的生活。在那个地方，或许钱没有任何价值，人们不会在我付给他们钱之后就飞快地离开。我可以拥有完全不一样的生活，甚至一个全新的自己。

啊哈！如果能在一个没有金钱的世界里，和一群奇妙的人一起度过人生剩下的时间，那该有多棒呀！大脑里各种各样的想法喷涌而出，我的大脑好像要爆炸了一样。Be part of the story（成为故事中的一部分），这真的会实现吗？

我用力地将笔记本电脑合上，打算之后再接着看。

我给埃里克发了消息，我知道，他不会再回应我了。我也知道，他一定不是在睡觉，他只是不想再理我而已。在信息里，我告诉他，我马上要到另外的星球上生活了，我祝他未来一切都好，同时我也提了一下，我希望他可以回我消息。

手机中埃里克的名字旁边有个绿色的圆圈，显然，他是在线的，然而他并没有回复我。

这没什么，不过有朝一日他一定会后悔的，等到那个时候，他不会再有任何机会得到我的青睐。他是这个世界上唯一可以阻止我离开的人，但是他不喜欢我，所以他放弃了这个机会。埃里克是我特别想结交的朋友。妈妈去世后，我不

想再去普通的公立学校学习，也不想到私立学校上学，因为再也没有人为我去开家长会了，学校组织的亲子活动也没有人陪我参加了。爸爸说，他可以请家庭教师来教我，我同意了。我现在一共有三位家庭教师，其中两位请了长期病假。

就这样，我的学习计划搁浅了。爸爸不在家，马格达和阿尔弗雷德也从不多管闲事，毕竟他们的年纪大了，只能叮嘱我按时去看牙医，至于其他的事，他们也做不了。

我知道，我的生活在别人听起来有点凄凉，但我不喜欢扎在人堆里。我无法忍受那些人看我的目光，他们的眼神顺着鼻梁在我的脸上扫来扫去，仅仅是因为我的生活跟他们的不一样罢了。我曾经在普通的公立学校待过一段日子，因为埃里克也在那里上学。埃里克是世界上最帅气最美好的男孩子，他几乎和我一样聪明，或者这样说会更好一些：他甚至和我一样聪明。除了埃里克，其他人从来没有问过我的家族标志 KTA 是什么意思。当我告诉埃里克后，他就不理我了。威汉姆·瓦利为兵工厂最近和美国人一起研发了隐形武装直升机，世界上任何雷达都无法发现它。这架直升机还可以发射核武器，更加先进的是，在战斗中飞行员的安全可以得到极大的保障，他们永远也不会被打死。

我想，所有人都应该清楚，如果地球上的一切再像现在这样发展下去，不久以后，这里就不值得人们再待下去了。

除了钱，我在这里一无所有。马上，我就要十四岁了，我想要过平凡简单的生活，想要住在一个小一点的房子里。这栋城堡对我来说太大了，在这里的生活糟糕透顶。我之前看见过 NASA 的海报，尽管大家都不知道遥远的外星球是什么样子，这些海报却让我对远方的一切充满了希望与幻想。我也无法准确说出未来会发生什么，但是我清楚地知道，我不想永远留在这栋冰冷的城堡里，只能和马格达和阿尔弗雷德待在一起。

似乎是在回应我的想法，外面突然下起了冰雹，噼里啪啦地拍打在窗户上，几乎要掩盖了叮叮的门铃声。一开始我以为自己听错了，因为从没有人能够直接走到门前来按门铃的。

“叮——叮——叮——”我想，我一定没有听错。

第五章

我打开门，向无边的黑暗中看过去，外面不仅仅在下冰雹，地面上甚至已经堆起了一层积雪。现在才十月份，真是糟糕透了，显然，地球已经离最后的毁灭越来越近了，没有人还能对未来保持乐观。

咦，门外并没有人。

门前飘下来一个红色的信封，上面还印有蝎子的图案。我努力保持冷静，但是事实上心脏已经开始像机关枪一样突突突地跳个不停。

我拆开了信封。

里面有一张纸，纸上写着……一堆数字。认真思考了三秒钟之后，我明白了，这些数字代表的是某个地点的坐标：北纬 37° 14′，西经 115° 46′。后面还写有一句——“密码：天蝎。”

这个地点是哪里？我当然可以用电脑快速地查一下，但是最后我犹豫了。

我凝视着从空中倾泻下来的冰雹，心底产生了一种无法压抑的兴奋感。很长很长时间我都没有过这种感觉了，一直以来，我都可以掌控生活中发生的一切，但是现在，发生了我无法控制的事。我也不知道为什么，阿宁所告诉我的关于这个游戏的一切，都让我感到既焦躁又有一种久违的新鲜感。阿宁曾经给通关的韩国男孩和加拿大女孩打了电话，然而他们不同意透露任何消息。他们也得到了相同的坐标吗？这些坐标会指向哪里？难道神秘地点会是宝藏的所在地？

我也可以让阿尔弗雷德去查清坐标的含义，他一直都很擅长做这个。不过我又犹豫了。我为什么一定要知道答案呢？我需要的只是离开，离开这里。我想要的只是一个全新的生活，一个不会被我随意掌控的生活。我梦想着前往那个美妙的无与伦比的新世界。

现在是凌晨 5 点 10 分，已经不需要睡觉了。

第六章

“阿尔弗雷德，你可以让吉姆和杰夫现在把飞机的起飞工作准备好，然后带我到飞机场那儿吗？”

“坐飞机？现在？”阿尔弗雷德问道。他显然很有职业素养，即使内心十分困惑与不解，也没有在说到“现在”时加重语气。

“当然。”

“需要给你收拾行李吗？”

“不用。”

阿尔弗雷德之后没有再问其他的问题。他负责打理我们家族的私人事务，照顾我的私人起居，所以我们给他的工资很高。出了家门，一切都在联邦的监督之下，街上的每个角落都有正在巡视的联邦职员，他们有的穿着标准的工作服，有的只是穿着和大家一样的休闲服装。不过在我们家，这些都不会出现，极有可能是因为联邦使用的监控摄像头、工作制服还有武器都是我爸爸制造的吧。在家里，我们可以过完全不受他人打扰的生活。我们家甚至拥有一片广阔的私人森林，平常可以到那儿去捉野猪玩，那些野猪都是从意大利的托斯卡纳运过来的。

阿尔弗雷德的办事效率极高，他用悲伤的眼神看着我。我一直都很喜欢他，他与蝙蝠侠的老管家有着同样的名字。也许爸爸正是出于这个原因才雇用他的吧。爸爸是蝙蝠侠的忠实粉丝，据他所说，他有着世界上最珍贵和最齐全的《蝙蝠侠》全套首印版，当涉及需要花钱的事情时，爸爸很少撒谎。

我讨厌所有在别人看来非常正常的事情，讨厌所有需要耐心的事情。我讨厌排队，讨厌坐飞机，讨厌坐出租车。我知道，我被惯坏了。可是不管其他人怎么想，24 小时随时待命的银色“猎鹰号”喷气式飞机真是再方便不过了。

第七章

我把写有神秘坐标的信纸递给了飞机驾驶员。吉姆和杰夫仍旧睡眼蒙眬，好像一倒头就能接着睡过去，在驾驶技术上他们都十分优秀，不过还是应该学习一下如何从睡梦中快速醒来。

两人对视了几秒钟，突然间，两人原本面无表情的职业冷酷脸上，因为格外兴奋而出现了男孩子般欣喜若狂的表情。就像是他们本以为拿到手的只是把玩具枪，最终惊喜地发现，这是一把真正的左轮手枪。

吉姆和杰夫看起来满肚子疑问，不过如果没有我的允许，这些疑问他们也只能憋在肚子里。

“这是……我不知道有没有人在这个地方降落过，这片区域似乎还没有人飞过。”吉姆说道。

“这片区域指的是哪儿？”我问道。

“噢，它有许多名字，比如说梦之岛、天堂岛、梦幻基地等。”杰夫回答道，“这个坐标代表的地方就在 51 区！”

51 区，我感到后背起了一层鸡皮疙瘩。

“你去那儿做什么呀，玛丽？你打算……”

杰夫话问到一半自己就停下了。驾驶员是不可以对雇主的飞行目的地做任何评价的，也不可以问去那里做什么或者为什么要去那里。之前有一次我想要去巴黎或者伦敦玩，我还打算带上我的朋友，不过后来我明白了，这是个糟糕透顶的想法，因为如果我想要带上朋友的话，我就得同时邀请他们的家长，毕竟我们只是小孩子。这种事我再也没有做过了。

“抱歉，”吉姆说，“只是如果没有得到允许的话，任何飞机都不可以在 51 区降落，51 区的 KXTA 机场不会欢迎我们的。格林尼治军事基地就位于那里，美国人显然在那儿发明了许多神奇又复杂的武器，最多的就是各类战斗机。世界上所有的飞行员都想在那个地方工作，那可是世界上最神秘的区域。”

吉姆和杰夫显然兴奋得过头了，一直说个不停。

“首架隐形战斗机就是在那里进行的测试，现在，大家都知道你的爸爸以大价钱资助了这个项目。之前你的爸爸也参与了黑鹰直升机的设计过程。”杰夫说道。

“那个时候，他总是飞往拉斯维加斯，”吉姆说，“据说那里有个秘密飞机场，工作人员会从那里直接被送往位于内瓦德荒地的 KXTA 机场。我们则从来没有去过那个神秘的飞机场。”

“此外，还有传言提到，CIA（美国中央情报局）和国防部在 51 区秘密研究 UFO（不明飞行物）和外星人呢，他们把 UFO 藏了起来，为了不让人们发现。”杰夫小声说道，“或许还有外星动物、外星植物，总之是外星的东西。”

说完后，两人齐齐地看向我，他们已经按捺不住好奇心了。我为什么要去那里？这是个好问题。然而我却不能告诉他们答案，我只是想弄清楚《开普勒 62 号》游戏的背后到底隐藏着什么，以及离开这里。

“爸爸总是时不时地出差，”我说，“现在轮到我了。我和一位有着六颗头的外星人有约，你们可千万别把这事告诉别人。我怕爸爸不会同意。”

半秒钟之后，他们的脸上露出一副了然的神情，看起来，他们相信了我的说法。

“你是从哪儿得到这个纸条的？我们可以在那里降落吗？”

“当然可以，”我说，“你们只需要遵循正常的操作流程就好，到那儿之后，如果有人问起，记住，密码是天蝎。”

“天蝎？这个密码听起来有点太简单了。这种事情可不能开玩笑，我们真的会被美国人在那里直接击毙的。”

“就是天蝎。”我肯定道。事实上，我的心里也很忐忑，有可能，我们还没有到目的地，只是离 51 区近一些就被美国人抓走了。不过，在我们到达 51 区附近之前，美国人当然就可以把我们拦下，所以我们也许不会被击毙，对吧？

吉姆和杰夫看了看对方，最后对我点了点头。我可以随意地使用“猎鹰号”喷气式飞机，这或许是爸爸对我的补偿吧，因此吉姆和杰夫也没有权力拒绝我的命令。

“我们要先在纽约给飞机加满油，去 KXTA 机场可要 13 个小时呢。”

“好的，我准备好出发了！”我说，“‘出发’用你们飞行员的专业术语该怎么说？算了，我现在必须睡一会儿了，不，是睡很久。在我们到达目的地之前不要叫醒我。”

起了。

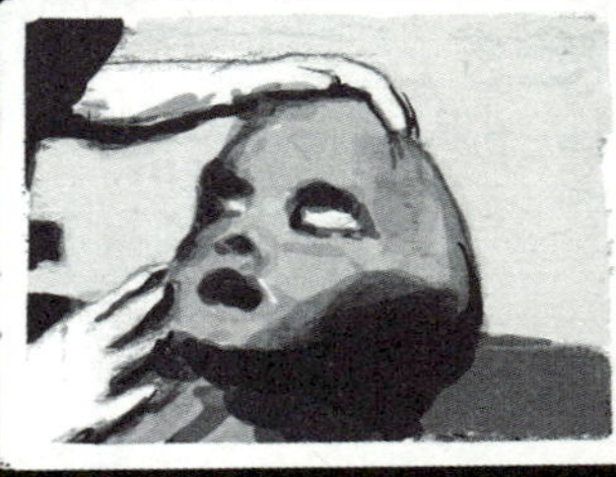

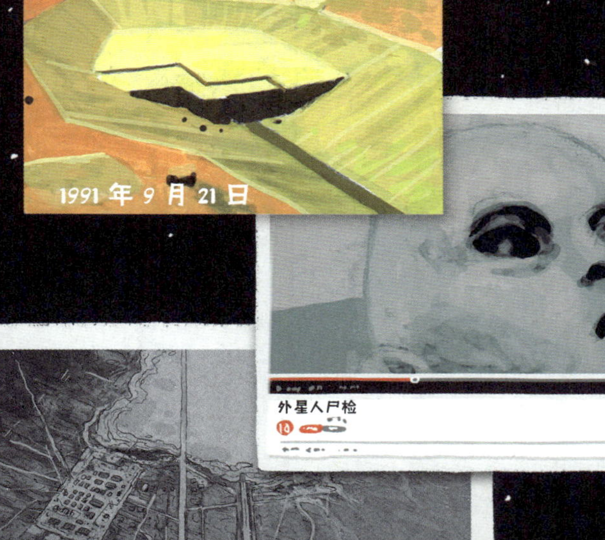
1991 年 9 月 21 日
外星人尸检
8,000,047
纪录片
8,000,047

我做了一堆乱七八糟的梦，睡得一点也不安稳，正在迷迷糊糊时有个人把我摇醒了。我一开始还没反应过来，以为自己还在做梦呢！梦里大猩猩金刚把我在地上摔来摔去，我在爸爸放有漫画的书房里看过电影《金刚》的海报。

一睁眼，原来是杰夫把我摇醒了。

“你已经睡了很长时间了，玛丽，现在必须起床了。你给我们的密码通过了机场指挥塔的审核，现在我们已经来到了 51 区。我到现在还不敢相信这一切都是真的。你要吃早餐吗？”

“不用了。”我说，其实我只想喝热巧克力。

“我们的飞机只允许停在这里一小会儿，连在这里加油都不行，总之，我们只能等着，等到被要求起飞的时候赶紧离开。”杰夫说，“他们希望我们赶快离开这里。”

他严肃地看着我。

“你一定对他们很重要，玛丽，他们竟然允许你一个小女孩来到这里。”

我从床上爬起来打了个哈欠。穿着衣服睡了这么久后，我感觉自己头晕眼花的。

“这个飞机场的跑道真不愧是全世界最长的，不过到底为什么要建这么长的跑道呢？”杰夫在一旁自言自语，“就算是宇宙飞船降落，也用不上这么长的跑道吧。”

“我们可以下飞机吗？”我问道。

“不可以，我们被命令在这里等着。他们说会在十五分钟内派人过来，所以我才把你叫醒。”

我现在感觉无比清醒。我非常冷静，好吧，也没有那么冷静。突然间，我开始害怕起来，我没有告诉马格达或者其他任何人我要去哪儿。这样真的好吗？

相比起爸爸，我的家庭教师才会是那个更想念我的人吧。法律上规定，父母有义务至少生两个孩子。这样，当其中一个孩子离开的时候，最起码可以告诉另一个孩子，关于他的去向问题。

我跟着杰夫来到驾驶室。

杰夫和吉姆把咖啡放在一旁，一口也没喝，他们紧张地盯着窗外，然而外面什么也没有。远处矗立着几座建筑，但最显眼的就是那条超级长的灰白色跑道。

“快看那儿！”杰夫喊道。

一辆美国联邦调查局的黑色汽车闯入我的视线。这是一辆越野车，深色的车窗阻挡了外部人们的视线，车后冒着一圈尾气，最重要的是，这辆车能够防御子弹，尽管在这里根本不会有人拿枪向这辆车射击。

车子停下来后，驾驶位上走出来一个个子高挑的女人，走路时她身上显现的肌肉让人无法忽视，看起来就像是从某个漫画中走出来的女主角。

杰夫打开机舱门，一截窄窄的楼梯延伸到灼热的沙地上。

“你们好！”女人打招呼道。

她微微笑了笑，看起来很真诚。

“我是奥利维亚，奥利维亚·科林，美国空军部的中尉。欢迎来到 51 区机场。”

奥利维亚朝吉姆和杰夫点头示意，他们似乎被奥利维亚迷住了，这可真不应该。奥利维亚看起来只比我大三四岁。

“起飞命令已经下达，你们可以立刻离开了。”

说完这句话之后，她笑也没有笑。

吉姆和杰夫朝我扯了下嘴角，他们的笑容看起来格外悲伤，就像是知道从此以后再也看不到我了似的。

奥利维亚·科林温柔地牵住我的手臂，带我走到车子旁。

“空军？你不是 OTNSPCFRVR 的工作人员？”

“那种写法只是为那些自以为是的聪明人准备的，他们就喜欢这种神秘的感觉。不过这次他们还是稍微猜到一点真相。只有一点点。不过现在不是说这些的时候，之后我们会解释给你听的。”

我听见了爸爸的“猎鹰号”喷气式飞机引擎发动的轰鸣声。不到一分钟，它就从我的视野中消失了。我本应该问一下吉姆和杰夫他们的姓氏的。

51区
（禁区）
禁止通行
禁止拍照

第九章

我不知道在这个全世界最神秘的地方等待我的到底会是什么。

我被领进了一幢白色的小木屋，这个小木屋与其他建筑并没有建在一起。木屋内的装饰宛如 20 世纪 40 年代的风格。墙上挂着泛黄的日历。椅子上坐着一位年长的男人，显然，他是这个木屋的守卫。据说，1947 年，一架 UFO 在新墨西哥州的罗斯威尔附近坠毁，想必这个男人也是从 1947 年开始就坐在这把椅子上看守木屋的吧。我看过网上的新闻，好多人都说，当时 UFO 上的外星人被带到这里进行过研究，吉姆和杰夫也是这么和我说的。

距木屋几百米远的地方坐落着好多高大的建筑物，其中的几个建筑像是用来停放飞机的大厅，还有一些从外表上看不出来是做什么用的。

椅子上的男人朝我们点了点头。他的大腿上绑着枪套，里面是史密夫韦森点 45 口径左轮手枪，款式极其复古，但威力不可小觑，我自己就用过同样的手枪。

木屋里除了男人外还有一个烤盘、一把咖啡壶，以及泛黄的日历上的比基尼女孩照片，所有的一切都像是 1947 年的风格，一切都很复古，除了木屋里的电梯。

中尉奥利维亚·科林按下按钮，电梯门自动打开了，我们走进电梯。

运行中的电梯几乎没有发出任何声音，这是我坐过的最棒的电梯了。

电梯向下运行了大约一分钟。当电梯门再次打开的时候，映入眼帘的是一个大大的四四方方的房间。房间里所有的东西都是用钢铁做成的，没有任何复古的装饰。

我迅速地数了一下，房间内一共有 11 部电梯，显然，这个房间要比刚才的小木屋大上许多。

“你不用怕我，我上学的时候学的是医学，现在也是一名医生。你可以直接叫我奥利维亚。”中尉奥利维亚对我说道。我想，她一定是想让自己看起来更加亲切一点，这对于漫画女主角来说一定不容易，爸爸如果见到她，一定会喜欢她的。

奥利维亚带我走进了第四部电梯。

电梯无声地下降，我在心里默默计算着时间，这次电梯大概又运行了一分钟。我们现在一定在地下深处了。

从电梯里出来后，我们来到了一段长长的看不到尽头的走廊，我隐约分辨出远处有一堆超市里常见的购物车，这里到处都透露着奇怪的气息。

我跟在奥利维亚身后走进了一个办公室，办公室里一个小女孩正在玩飞镖。

“欢迎你，玛丽·瓦利为小姐。”小女孩说完，将手中的飞镖直直地射中靶心。

然后，她按下按钮。

“嘶——”墙上出现了一块巨大的电脑显示屏，屏幕上出现了一个人，就像是监控摄像头拍下来的画面一样。

我一下子就认出了出现在屏幕上的人，那就是我，在挪威家中泡澡的我。

第十章

到底是谁在我家浴室的镜子后面安装了摄像头？又是什么时候装的？我百思不得其解。我家其实是一座防守严密的城堡，就算是一只苍蝇飞进去也会被发现。

“所以，其实你们已经了解了关于我的所有信息，然后把所有信息都传到了这个电脑里？”

不得不说，现在的我感到无比气愤。

紧接着，屏幕上出现了一串数字。

“体重、血型……包括其他所有可以测量出来的数据！你们在我家的卫生间偷偷监视我？”

“没错，而且我们使用的是威汉姆·瓦利为兵工厂开发的最新技术，”奥利维亚说道，“你们家族可不只为我们生产武器呢。不过不用担心，这些数据只有我们知道，你洗澡的画面也只有我们看过。”

“你们？”我生气地反问道。

奥利维亚耸了耸肩。

“联邦是我们的朋友，我是你的医生。你的身体状态真的很糟糕，”奥利维亚说道，“不过我们会让你重新恢复正常的，你准备好了吗？”

让我重新恢复正常？

“难道这不应该是自愿的事吗？”我说。

“难道有人强迫你来到这里吗？这一切当然是自愿的。如果你没有准备好面对一场史无前例的冒险的话，你是不会出现在这里的。所以，其实你已经做好了决定。我知道，阿宁已经把事情的大概都讲给你听了，你即将被送往开普勒62号星系。”

“你知道阿宁真正的名字是什么吗？”我问道。

“罗伊·伊尔森，体重77.3千克，鞋码42号，血型为B型。你之前知道他真正的名字吗，玛丽？”

“呃，并不……”我涨红着脸小声说道。

“我还需要采集你的血样，以得到更加准确的结果。此外，还要采集你的指纹，确保出现在这里的是真正的玛丽。对了，你还需要在文件上签字，表示你是完全自愿参与我们的项目。你的爸爸已经同意了，如果你也签字表示同意的话，我们就会在你的手臂上植入一块芯片。没有这块芯片的话，你无法在这里停留两个小时以上，而且会被强制遣回。”

爸爸？我现在脑子很乱，爸爸怎么会参与到这件事情中？难道他们已经计划这个项目很久了？

“难道你们之前没有得到我的指纹吗？”

“当然有了，不过我们还是需要确认一下。”

“可以用我自己的血型来确认吗？”我问。

“随你，”奥利维亚答道，“不过那不是必要的。我们知道你的血型是 AB 型。为了确认一下，之后我们还会再测一次。”

“你们想要我在同意书上签字？让我将自己的生命现在就交给你们？可我还是个孩子。”

“是特别的孩子。你当然可以拒绝，”奥利维亚说，“但是你之前已经做了决定，不是吗？你是自己坐私人飞机过来的，我知道，这代表着你已经做好准备接受这一切。”

我先是点头，然后又摇了摇头。大人们都是这样做事的吗？还有爸爸，他难道是想借此彻底摆脱我吗？

“如果你不同意的话，必须现在就离开这里，没有任何犹豫的机会。”

“我现在签字的话，之后我还可以退出吗？”

“嗯……当然了，”奥利维亚说，“完全可以，我说过，这完全是自愿的。但是我们猜测，你一定会参加这个项目。我们从上千万名候选人当中选择了你。”

哇哦！真的吗？在落笔之前我犹豫了片刻，最终我写上了自己的名字。

房间里的那个小女孩什么话也没有说。显然，她的身份就是医生的好帮手——护士，现在，她手里正拿着注射器走到我的身边，往我的手臂里打进去了某样东西——非常非常小的碎片。

“打针的地方会有点疼，不过两天之内就好了。现在，跟我来，我向你介绍一下这里。”

奥利维亚微笑地递给我一个手提袋，袋上印着一行字：“开普勒 62 号—— 一个新的开始。”

第十一章

奥利维亚中尉不爱说话，凑巧的是，我和她一样。所以，一切都进行得很顺利。

奥利维亚带我又走下了一层楼，我们穿过了许多走廊。在进入每一道走廊之前都会有一扇门，只有刷卡才能进入，卡里录入了每扇门的通行密码，此外还得识别到访者的眼睛和指纹，都符合才能通过。我一点也不喜欢这套复杂的程序，或许在51区里必须这样做吧。

“我是你的主管联络人，”奥利维亚中尉说道，“不过马上你就有机会和开普勒62号项目的负责人林威斯托将军打招呼了，他是个大忙人，所以你得快点。”

林威斯托？真的吗？这是他的真名吗？

奥利维亚中尉通过自己的食指指纹，打开了面前的门，然后离开了。

门后是一间小小的白色房间，房间内所有的家具都不是由钢铁制成的。

屋内装有壁炉，一瞬间，我就有了某种安全感。

“过来，到我这儿来。”

不大的红色沙发上坐着一位年长的男性，他正笑着让我过去。林威斯托将军看起来可真是平易近人呀，他一定是个善良且富有同情心的人。将军的下巴上留有一束小胡子，长得有点像《星球大战》里的尤达，不过，他比尤达要壮一些。如果他的皮肤是绿色的话，说不定我会以为他是从外星球来的呢。

“欢迎你，亲爱的玛丽，我一直期盼着与你见面。我得为之前让你感到不愉快的事向你道歉。在外人看来，51 区可能不是一个热情友好的地方，不过我们会尽最大努力让你感到愉快的。一直以来，流传着关于 51 区的各种各样的消息，其中绝大部分在我看来都非常无聊，还有一小部分则充满了惊险刺激。我希望并且相信，你听到的故事属于后者。你想要来点什么小点心吗？或者有什么想喝的吗？正餐还要再等一会儿。”

“谢谢，我什么都不需要。”我惊讶地发现自己竟然不知不觉间湿了眼眶。

“好吧，现在你可以向我提问了，问什么都可以，我想

你一定有许多想要知道的事吧？”

突然之间我感受到了一股压力，它让我无法正常思考。我甚至有种错觉，现在的自己得到了向命运提问的机会。

“1947 年，真正掉到地面上的是由军队秘密制造的气象探测气球而不是来自外星的 UFO。这是真的吗？”我轻声问道。

“是真的。”

“你们要把我送到另一个星球上去，是吗？”

“没错，如果你愿意的话。”

“那里有生命存在吗？”

“我们还不知道。”

我的大脑一片空白。

“很抱歉，玛丽，我们剩下的时间不多了。”

林威斯托将军看了一眼墙上的钟。

“由于我的肾功能出现了问题，几分钟之后我就得去进行透析了。年纪大了难免会出现各种问题，不用担心我。从这里离开后，你可以去见一见其他几个小伙伴。在这里，我们会提供给你们一日三餐，不过希望你已经准备好成为一名素食主义者了。要知道，太空中的食物都是由各种蔬菜做成的，还有昆虫，千万不要小瞧昆虫，它们可是丰富的蛋白质来源呢。我们还有几分钟交流的时间。你还可以继续问问题。毕竟去往另一个星球可不是件小事。我会在两分钟内尽可能回答你的问题。”

实际上我有满肚子的疑问，但是这个时候却一个也想不起来。我实在是太累了，累到提不出问题。

然而林威斯托将军似乎没有察觉到我的疲惫，他开始告诉我，我们这些被选中的人是多么幸运，我们是上千万小孩子中的精英。联邦已经计划这个项目很长一段时间了，从人类第一次登上火星开始，这个项目就正式启动了。他这一生都在期盼项目的顺利实施。对于我同意加入这个项目，他表示十分感谢。据他所说，也有许多孩子打通关了游戏，然而只有他们亲自打电话的才是真正被选中的幸运儿。所有的这一切听起来都让人难以置信，然而这都是真的。不过，将军并没有告诉我，他们是如何偷偷将摄像头安装在我家浴室的。渐渐地，我心中的疑问如滚雪球一般越来越大。

“你们这些小孩子是地球最后的希望，”林威斯托将军说道，“宇宙中存在许多那样的地方，那里的生活环境只要改造一下就完全适合人类居住，而你们呢，就是被选拔出来的先锋队员，你们的任务就是到那里去考察为了实现这个目标所需要的技术以及材料。你们是真正的新世界开拓者。我们把你们送到一个陌生的星球上去，你们在那里会碰到各种各样的状况，然后一一解决它们。相信我，这一定会成为你们一生中最奇妙的一段经历，比登上月球还要厉害得多呢！现在人们对月球已经很熟悉了，以前 NASA 获得的关于外星球的信息很少，技术也没有现在这么先进，你们可真是幸运。之前还没有人到达过太阳系之外的星系，而你马上就要成为最先登陆外星球的一员啦！”

林威斯托将军高兴地看着我。

“我真的有点嫉妒你，玛丽。我们准备马上把这个消息公之于众，很快，你们的名字就要被发表在各个媒体上。你是先锋队中的一员，你会和我们一起开拓新世界，为人类更加美好的未来带来新希望。你就是‘未来’的代言人！”

必须承认，听完林威斯托将军的话，我感到很高兴，我代表着“未来”呢。但是我并没有把内心的激动表现出来，只是认真地听着将军讲话。看起来，我马上就要成为像爸爸一样的名人了呀。

“叮——”墙上的钟响了一声。奥利维亚中尉走进了房间。

“我必须离开了，祝你一切顺利，玛丽。”林威斯托将军起身握住我的手说道。将军的手软绵绵的，很温暖。

“现在我带你去看你的房间。”奥利维亚中尉说道。

林威斯托将军最后朝我们点了点头，之后我们就走出了房间。

我挠了挠手臂，之前儿童护士扎针的地方还是有点刺痛。芯片已经被深深地植入我的手臂里，把它再拿出来一定不是件简单的事，看来想要摆脱它很难了。

第十二章

“你的手提包里有一件开普勒专属连体衣，把它拿出来换上。你要是想的话也可以给它起一个更有趣一点的名字，我们实在是想不出来更好的了。以后的每一天，你都要穿着这件连体制服，它就像是你的新皮肤一样。”奥利维亚说道，“随着你慢慢长大，我们也会为你提供合适的尺码，总之，你每天都要穿它。包里还有一些必备的卫生用品，以及其他的生活用品。学着习惯用这些东西进行生活吧。”

我从包里掏出了连体衣，衣服看起来是由质地较好的丝绸制成的，非常顺滑柔软。我仔细摸了摸衣服，感觉这件衣服还蛮结实的，但是同时我又害怕自己手指的温度会使整件衣服融化。不过我的担心是多余的，我敢打赌，它肯定是由某种超级纳米材料做成的，每一根线都能承担由爸爸制造的超级无敌大坦克的重量，甚至几辆坦克的重量加在一起也无法摧毁它。

“我们充分利用了所有的材料，才有了它。试一试吧，换完衣服之后你就可以去公共休息室玩了。阿里和乔尼已经在那里等你很久了。他们是你的来自芬兰的新朋友。”

奥利维亚说完便笑着走开了，希望她不是现在就去往开普勒62号星系。

当我脱下身上的衣服站在浴室里，脑海中的第一个想法就是，这里的浴室不会也有监控吧？哎，现在的我只是一个普通的小女孩，这个小女孩马上要过每天吃蔬菜叶子的生活，马上要飞出地球前往另一个星系，要每天都穿着同一款衣服，当然了，这个小女孩还代表着人类社会的未来。听起来十分……糟糕，不是吗？

我用浴巾把自己包起来，希望镜子后面的摄像头没那么灵敏。

我换上手里的连体衣，说实话，这件衣服真是太棒了，超出我预料的棒。我也不知道为什么，但是这件衣服仿佛可以随着室温调节温度，我现在是“超级女孩”了。

然而“超级女孩”现在十分疲惫，她只想让自己瘫倒在床上好好地睡一觉。忘记说了，我的个人房间特别小，看来等之后登上了宇宙飞船，我的房间估计也和这间差不多，所以我必须习惯它。

现在还不是休息的时候，我还得跟在奥利维亚后面去公共休息室。休息室集客厅与厨房的功能为一体，房间里的所有家具都与整个房间的风格十分搭配，比如说用塑料制成的成套桌椅，放在房间里就显得十分和谐。

“这是玛丽，”奥利维亚跟房间里的男孩们介绍道，男孩们正坐在桌子旁吃东西，“这是阿里和他的弟弟乔尼。”

阿里朝我点了点头，然后接着吃饭了，也许他不是一个特别喜欢说话的人吧。我也不是健谈的人，我害怕那种不停说话的感觉，就像是嘴巴不受自己控制一样不停地往外蹦词。也许是因为我有很久——事实上是好几年——没有和别人聊天了吧。

“你好！”我说。

阿里长得十分帅气，不过看起来有点无精打采的。他应该不知道我的家庭背景，或许这次我可以只做一个平凡无奇的小女孩。

“你好，”阿里回应道，“玛丽？”

“没错。”我说。

“这里的食物味道不错，不过就是没有肉。”

乔尼在一旁没有说话，看起来有点惊慌以及虚弱。

奥利维亚看着我们互相打招呼，轻轻地点了点头，然后转身离开了房间。

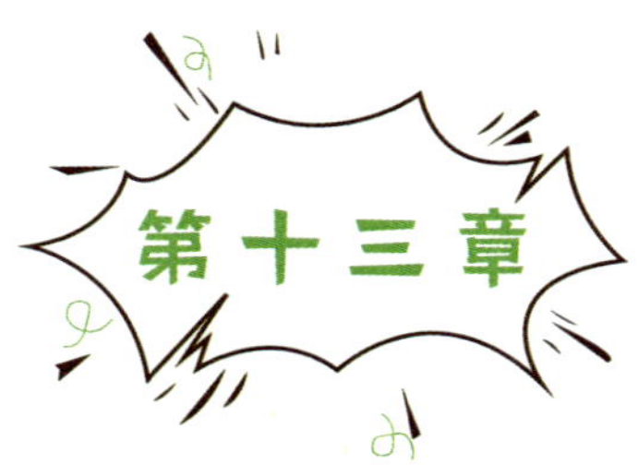

第十三章

我迷迷糊糊地从睡梦中醒来，还在纳闷，为什么马格达没有拿着热可可来到我的床边叫我起床。

一整晚我都睡得不是很安稳，虽然说是睡着了，但是梦见了一堆乱七八糟的东西，让我在梦里精神也时刻紧绷着。

现在是早上 6 点 15 分，我猜刚刚充当闹铃叫醒我的应该是维瓦尔第的小提琴曲。一睁开眼，我就被眼前的景象惊到了，昨天还是一片白的墙上，现在出现的则是太阳冉冉升起的视觉动画。难道他们以为我会喜欢这个吗？真是讨人厌啊。这种被人研究透的滋味真不好，他们是对的，我真的喜欢。

我下床离开了卧室，唉，这里的人难道都得这么早起床吗？

阿里已经坐在桌边吃饭了，他一定是个大胃王。不过我们俩谁都不喜欢说话，这可真是太好了！

过了一会儿，奥利维亚也开门进来了。她先对我们点了点头打招呼，接着带我们来到了一个白色的礼堂。礼堂的装修风格十分沉闷，放眼望去，只有白色和冰冷的钢铁，没有窗户也没有任何多余的装饰品。房间里的照明也给人一种冷酷的感觉，让人不禁打了个寒战。礼堂里入座了大概 12 个小孩子，所有人的身上都穿着开普勒连体衣。他们显然已经习惯了早起，每个人看起来都比我要有精神得多。

奥利维亚走到礼堂前面对我们进行演讲。

她告诉我们锻炼身体的重要性。在前往外星球的这段时间里，我们的骨骼可能会变得脆弱，肌肉可能萎缩，此外，由于失重，我们的眼球形状可能也会发生变化，比如说变平，最终导致我们失明。她还给我们讲了相对论，以及在一动不动地躺在充满了 X 射线的太空舱内几个月后，我们的身体状况会恢复原样。并不是所有的内容我都能听明白。现在这种情况对我来说十分陌生，在这里我不能决定一切，只能服从。奥利维亚所讲的所有事项中，听起来最吓人的就是，我们要被注射一种药物，以此让我们昏迷一段时间，这样我们的身体器官才能在长途旅行期间消耗尽可能少的能量。真恐怖。不过如果一直睡觉的话那就可以一直保持干净，不用洗澡了。礼堂里的其他人都安静地坐在椅子上认真地听着，一边看向奥利维亚身后的大屏幕一边做笔记。他们难道就不害怕吗？一点也不害怕？

最后一句话说完，奥利维亚点了下头就离开了。但是这不意味着课间休息的时间到了。

“大家好！我是威尔斯队长。”

总算是看见了一张新面孔，每天都对着奥利维亚那张脸实在是让我感到厌倦，不过威尔斯队长长得有点像芭比娃娃的男朋友——玩偶肯尼，而且他一上来就开始滔滔不绝地讲话，看来他也不擅长和别人聊天。

威尔斯队长告诉我们，抵达开普勒 62e 星球之后，我们的任务就是搭建建筑物，在星球上种植各种蔬菜还有花草，并且按时给它们浇水，最好是能发明出一个智能浇水系统。他还提到，我们降落到星球之后的前几个小时对我们未来的生活至关重要。很有可能，在那里根本没有氧气！我们必须自己创造出一个有助于我们生活的环境，至少，我们可以自由地呼吸。威尔斯说，只要用一种类似于喷泉的设备就可以制造出氧气。

我实在是听不懂他在说什么，他还告诉我们，我们即将乘坐的宇宙飞船上挂的船帆是什么样子的。我不明白，难道宇宙飞船也要靠船帆才能发动起来吗？它真的能把我们送到几百万光年之外吗？我猜，阿里还有其他人对于这些事一定比我懂得多。我对种地、盖楼、搭建管道还有制造氧气完全一窍不通。到现在为止，留在我脑海中印象最深的一件事就是，威尔斯队长说我们到时候会得到一种净化器，它可以把尿变成水。不过这种仪器还得继续完善，因为尿里除了水还有盐、氨，以及其他的物质。如果开普勒 62e 星球上真的没有水的话，我们只能采取这个办法。没有水？真是见鬼了！

虽然很多事我都不会做，但是有一件事恐怕没有人比我更厉害了，那就是——射击，或者说是射击和武器制造。我的手指十分灵敏，同时我还可以用我聪明绝顶的大脑思考问题，这也是爸爸唯一会夸奖我的地方，所以我总是将我所有的热情都投入到武器制造中。此外，我还会弹钢琴，不过这项特长在太空中派不上用场，也不会给我带来快乐。

事实上我没有我之前期盼的那么幸福。这里的空气有一种发霉的味道，如果这种状况不改变的话，我一定很快就会感到无聊，无法再待下去。我已经习惯在大房子里生活，在冰冷的房间里睡觉，在完全没有家的感觉的城堡里度过每一天。我的周围总是有大片的空间，从没有像现在这么拥挤过。

其他人都在认真地听讲并且做笔记。看来要和我一起旅行的伙伴都是比我聪明的人，这种感觉真不差！

下课后，我们被要求进行社交训练。这是我最讨厌的事了。我们围坐在一起，我扫视了一圈，除了阿里和他弟弟，其他人我都不认识。我们被分成三个四人小组。和我一组的恰好就有阿里和乔尼，至于第四个人是谁，我们也还不知道。

“从今以后，你们将会和你们的组员一直生活在一起，一直到生命的最后一天。就算你们和组员相处得不好，也不能向家人和以前的朋友寻求帮助。等到了开普勒，与地球进行直接联系是根本不可能的。你们可能会觉得孤独、寂寞、烦躁，晚上还可能失眠。我希望，你们可以彼此交流自己的感受和想法。”

我按照威尔斯队长的要求加入了讨论，我尽可能少说话，希望将自己塑造成一个害羞腼腆但是又积极乐观的小女孩。然而事实上，我一点也不乐观，我现在就已经感觉十分孤独了，当然还有寂寞，晚上也睡不好。我的脑子里突然蹦出一个阴暗的想法：现在这一切真是我想要的吗？

第十四章

“接下来你们的任务就是学会使用武器。”奥利维亚在课间休息的时候进来通知我们，“我知道，这可能是你们最感兴趣的课程了。”

她带我们来到另外一间房间，显然，这是个射击场。射击场十分完美，里面摆放着各种各样的武器，有一些甚至连我都叫不出名字来。武器大小不一，上面印着许多我从没见过的标志，让我看花了眼。

“就是这里啦，这里还有一把由一家神秘制造商生产的最新型博纳萨手枪呢，你们都可以去试一试。我过一会儿再回来，你们尽管去尝试所有的武器吧。”

我其实已经在我们家的地下射击场玩过博纳萨手枪了。没错，威汉姆·瓦利为兵工厂就是奥利维亚口中的神秘制造商。

但是……呦嗬！

我兴奋得跳了起来。这一切可真是太棒了，我决定从最小号的武器开始尝试。我可是个射击天才，家里有一书架的奖杯还有许许多多的奖牌，射击从来都难不倒我。

冰冰凉凉的手枪很适合握在手里。“咔！”——上膛，准备，瞄准，冷静地扣动扳机，“砰！”怎么会有人不会射击呢？无论你能不能瞄准目标，扣动扳机应该每个人都能做到的吧。

砰！

如果你是位优秀射击手的话，

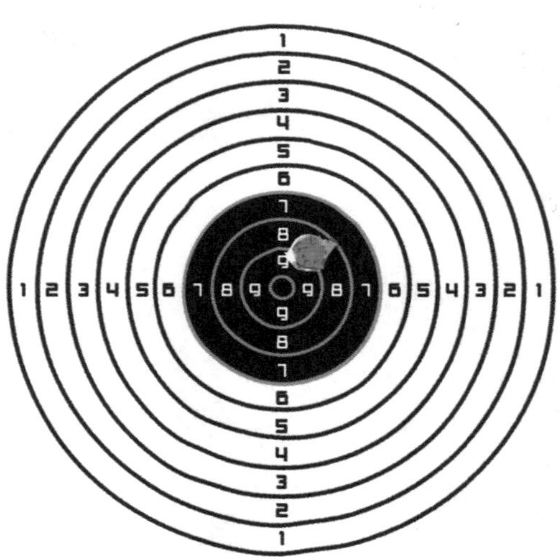

当我再次给手枪上膛打算进行下一轮射击的时候，脑子里突然冒出来一个疑问：我们到底为什么要在这里练习使用武器呢？所有人都说，我们要被派到另外一个星球上生活，我们是先锋队队员，是新世界的开拓者，是通往未来的钥匙。难道另一个星球上也存在威胁？我难道要成为开普勒62e星球的射击队队长吗？

我调整了手枪的瞄准器，它可真是件完美的武器啊！尽管如此，相比起来我还是更喜欢冲锋枪。不，现在不是想这些的时候，我要集中注意力。

我按下了墙边的按钮，前方出现了移动的靶子。它们都是各种各样的动物形状，有梅花鹿、山羊、兔子，还有熊，在距离我五十米之外，正以不可思议的速度移动着。聪明人从来不会拿手枪去森林里打猎，这些动物形状的射击靶子在这里看起来十分滑稽，毫无逻辑可言，也许射击者以为小孩子会觉得这很有趣。说实话，这里有许多事情我都不明白，大人们的想法真是让人猜不透。

我往弹夹里装了15发子弹。

首先出现的是体形要小一些的动物靶子，“砰！砰！砰……”我镇定地瞄准射击，手枪在我的手里甚至没有颤动一下。

砰！
砰！
砰

9mm

！

砰！

砰！

“你是个危险人物。”突然，从背后传来阿里的声音，“不过就算你打中了这些目标，你可以保证确实制服了它们吗？还是只让它们受了点小伤而已？你可以在一个移动的靶子上同时打中好几枪吗？”

我卸掉弹夹填充子弹，然后给手枪上膛。再次按下墙边的按钮后，远方又出现了移动靶子，最先出来的是梅花鹿靶子。我将15发子弹都射向“梅花鹿”的肚子，然后停下。

“去数吧。”我说。

阿里小心翼翼地靠近靶子。

“五个洞形成了字母……A，八个洞是字母……R，最后的两个洞是I。啊，原来这是我的名字（Ari）。”阿里说道。

我注意到，他在努力地克制自己的语气，希望让自己看起来没有那么崇拜我。

“答对了。”我说。

“但是我们为什么要在空旷的星球上使用这些武器呢？总不可能是用来伤害我们彼此的吧。否则的话整个价值数十亿的项目都会破产。”

他叹了口气，陷入了思索中。

稍后，他说道：“我一直在思考一件事。玛丽，你擅长射击。这里的所有人都有某种特长，但是我没有，我什么也不会，人也不聪明，学什么都很慢，就连照顾弟弟这么简单的事也做不好。我……”

“冷静点，”我说，“你被选中一定是有原因的，我们这些人可不是随随便便被选出来的，你一定有一些连你自己都不知道的特长。不要这么烦躁，你得学会忍受孤独的感觉，这比其他所有事都重要。”

“那么……我们每个人都得随身带着件武器吗？”

我放下手枪，卸掉腰上戴着的枪套，打算说一些有智慧的话，但是我在这方面完全不行。

“我们也不知道未来等待着我们的会是什么。很有可能什么都没有。不过身上带着武器总比受伤要好。”我说。

我的回答里充满了废话，平常爸爸就总是这么回答我的问题。

阿里严肃地看着我。

“有许多事他们还没有告诉我们，”他说，“如果我们是在 NASA 接受训练的话，一切会变得更有条理一些。我们为什么要在这里学习，在美国空军基地的地底下，在这个全世界最神秘的地方，难道这个项目不应该让世界上所有人都知道吗，就像是之前 NASA 开始新项目一样？”

“我也不明白，”我说，“不过这个项目应该会在未来的某个时间被公布给全世界。游戏才刚刚开始呢！现在，我们的名字应该已经公布在新闻上了，我们可能已经成为某种名人了。”

阿里又深深地叹了口气。

“我也和林威斯托将军说过话。这里好像有个秘密是绝对不能告诉我们，也不能公开的。”阿里凑到我耳边小声说道。

“是什么？”我小声问道。

“我不知道。乔尼有一段时间生病了，所以一直在地下室里休息。我见到了那个东西。是某种生物，据说是来自EXT机构的。”

“生物？”

“没错。这个机构位于比我们现在所在的位置还要深的地下室。51区不愧为51区，这里真的超级神秘。没有人能进入EXT机构。如果你一定要进去的话，就得先躲过守卫。我问过好几个人，他们都不知道那里是做什么的。不过……”

“不过什么？”

“奥利维亚中尉应该知道些什么。乔尼看见过她曾经和从EXT机构里出来的医生走在一起。”

“原来如此。”我假装冷静地说道，然而我胳膊上的汗毛已经因为莫名的恐惧而竖起来了。

第十五章

第二天一早，生物钟准时在6点将我唤醒，这也代表着新的课程就要开始了。我们被灌输了一堆食物营养学的知识，比如吃蔬菜是健康的，吃太多糖是不健康的，未来吃蔬菜沙拉将会成为一种流行趋势。此外，我们还训练了如何在紧急状况下逃生，以及一些急救措施。

训练过程中，唯一没那么有趣的事就是，阿里太容易害羞了，没办法和我做人工呼吸训练。我们每天至少要训练三小时，这样我们在太空中才不会肌肉萎缩。一个接一个的训练让我变得十分烦躁，难道我们要上前线打仗吗？

训练十分艰苦，训练之后，我们每个人都只能拖着疲惫的身体回去冲澡。

我们也见到了更多长得像玩偶肯尼的美国教官，他们给我们上了许多不同的课：太空农作物种植、生物学、化学、物理学、地理学、地球物理学、体育学，还有建筑学。此外我们还得学会洗身上穿着的开普勒连体衣，以及训练快速穿衣服、脱衣服的技能。学了这些还不够，我们还得上看似简单实则复杂的药学课、经济学课，学习做饭还有其他的一些生存技能。尽管教官们在充分考虑了每个人的特长的基础上，为所有人都制定了单独的课程表，不过大家还是要完成一些所谓的“基础套餐”。

“我受不了了，我不想知道如何将尿净化成水，我一个字也听不下去了。”课间休息的时候我向奥利维亚抱怨道。

“好吧，既然这样，你可以去射击场练习射击。”她说。

难以置信，她竟然如此轻易地就放我离开了。

射击场的大门处设有金属探测仪，没有人可以将场内的东西带走，一个弹壳也不行。有一次我不小心忘记了这件事，好吧，其实也是故意要测试一下，没等我的两只脚迈出大门，警报就疯狂地响起来了，“哔——哔——哔——”5秒钟之内，两个警卫就出现在我眼前。他们上下打量了我一下，然后对我进行搜身，甚至连我脖子上挂的妈妈留下来的心形吊坠他们也没有放过，吊坠被打开了，里面空无一物，所以他们把它还给了我。

射击场里还设有特别棒的工作间，里面有许多质量上乘的工具。

我用工作间里的硬塑料做了一把玩具小手枪。我之前在家里也做过这样的小玩具，不过所使用的塑料一定得如石头般坚硬，我尽可能做些简单轻巧的玩具。这里的工具应有尽有，我可以随意使用。我甚至为我的塑料玩具手枪制作了配套的玩具枪套，所有的一切都是用塑料做的，没有任何能够触发警报的东西。唯一的缺点是这把塑料玩具手枪一次只能射出一发子弹，不能连射，然而射出去的这一发子弹仍然是有杀伤力的。它看起来就像是迷你的德林杰手枪，非常小，很多人都说是女性专用手枪。作为兵工厂老板的女儿，在这方面我可不弱。

我将 2 颗子弹藏在胸前的心形吊坠里，然后离开了工作间。这一次我还是触发了警报，然而警卫放过了我。这多亏了我迅速地将脖子上的吊坠扯下来，所以警卫并没有像上次那样有机会将它打开仔细检查。塑料小手枪被我紧紧地握在手心里，它没有触发警报。所有的一切都进行得太顺利了。

可是我自己却感到有些害怕。

我到底在做什么？

第十六章

深夜，我悄悄离开房间，沿着走廊向下走。在此之前我并没有时间仔细研究这个地方，不过不用想也知道，这里一定到处都看守得很严，乱走动的话很快就会被警卫抓到。我一边下楼梯一边想：我们真的是被关在监狱里了吧。尽管联邦是我们的朋友，但是这里对我们可不是那么友好。自从来到这里，除了每天和我一起上课的同学与教官，我就再也没有见到过其他人。大家都住在小小的房间里，整件事都透露着古怪，我甚至不知道这栋建筑里到底住了多少人。

我小心翼翼地走过电梯口，突然，远处的走廊中央出现了一个熟悉的身影。天哪，难道奥利维亚中尉24小时都在通过监视器监视着我们吗？

她都不需要睡觉吗？她是机器人吗？她永远都不下班吗？

见到她的那一刻我满脑子问号。

“你是在找什么东西吗？还是需要帮忙？”她问道。有的时候我在想，她亲切得仿佛只是我们的熟人奥利维亚，而不是奥利维亚·科林中尉。

“我想要去看一下那个机构，那里好像……有个秘密。”

“是吗？哪个机构？”

我向前靠近些，小声说道：“EXT。”

奥利维亚的眼神似乎在刹那间闪烁了一下。

显然，她根本不可能带我去那儿。

“我知道，你有一百万种方式可以触动警报系统叫来警卫把我抓走。不过我要提醒你，就算你这么做了，在他们来之前，你也没有办法保证自身的安全，毕竟你只有一条生命，而我呢，我有……真正的武器。对我来说，你的反抗没有任何意义。”

事实上我的声音听起来并没有我想象的那么镇定，反而有点发颤。

奥利维亚注视着我。

“你是在威胁我吗，玛丽？”

“算是吧，带我去 EXT 机构。”

奥利维亚笑了出来。

“EXT？那是什么？”

我已经习惯了被人嘲笑的感觉，所以我并不在意。

“你们马上要把我送到许多光年外的另一颗星球上，而在这里，你们打算隐藏某个秘密。放心吧，我不会再回到地球，也不可能将这件事告诉别人，所以告诉我这个秘密是什么。”

“等等，EXT 是什么意思啊？Extra-terrestrial？是‘外星人’的意思吗？就像是过时的儿童电影里经常出现的卡通人物——E.T.？我可以向你保证，根本不存在外星人，这仅仅是想象罢了，是幻想，是娱乐文化的产物。外星人的存在完完全全是一个谎言，就像是一种编造出来的神话故事，不过这也不怪你们，甚至连总统有的时候也对外星人好奇呢。”

我眯着眼仔细打量着奥利维亚·科林中尉。我看过许多人撒谎的样子，或许总是感到孤独的有钱人身上带有谎言检测仪，一旦别人撒谎，就能立刻发现。如果我的身上真的装有这种设备的话，它一定早早地就亮起了红灯，因为奥利维亚中尉并没有说真话。

“没错，”我说，“我就是想去看从外星球来的生物，外星人。”

“从来都没有外星人。”

奥利维亚甚至都没有眨一下眼睛。

“你们要把我，一个小孩子，送往另一个完全陌生又遥远的星球。你们以为我不知道你们打的是什么主意吗？让我们学会使用武器，是因为那个星球上一定生存着某种生物！带我去 EXT 机构。”

奥利维亚咳嗽了几声。

“我也非常想带你去，但是没有得到允许，我也没有权利进入那里。”

我掏出了一直藏起来的那把玩具手枪。

“你猜错了，”我紧张地说道，“你是不是以为我会怕你？哼，我当然不会。现在，立刻带我去 EXT 机构，否则的话，你的脑袋上就会出现一个窟窿。”

奥利维亚盯着我的塑料玩具手枪。据我推测，她一定是相信了这把手枪完全是一个真正的武器。

真是个聪明人。

下一秒，我还没回过神来，奥利维亚突然把我撂倒在地，夺走了我手心里的手枪，然后卸下子弹。我疼得不停地流眼泪，泪眼婆娑间，我看见奥利维亚把我的手枪掰成了两半。

“我会带你过去，不过不准携带武器。”

我有很多事想问她，然而奥利维亚并没有给我开口的机会，她一把将我从地上拽了起来。我好不容易稳定住摇摇晃晃的身子，刚想开口说话，然而涌出来的只是猛烈的咳嗽。

现在不是问问题的时机。

第十七章

我们走下了两层楼，就看见 EXT 机构的门口坐着一个看起来十分和善的小女孩。研究外星人的机构就是与众不同，连担任警卫的都是小女孩。小女孩看起来只是小学六年级学生的样子，等等，难道她就是乔尼口中的“外星生物”？

“口令？”小女孩问道。

奥利维亚中尉在一瞬间看起来十分慌张，尽管在她面前的警卫只是一个毫不起眼的小女孩，就与当时给我注射芯片的那位护士一样大。

阿宁曾经给我讲过一个故事。男孩子讲的故事总是这么奇怪，他们似乎将游戏世界和现实世界搞混了，不过，那一次阿宁和我说，联邦其实一直在操控着孩子们，他们将小孩子的大脑改造成大人的大脑，所以尽管小孩子在外表上看起来还是小小的、稚嫩的，但本质上他们的大脑正像机器一样高速运转。这也叫作“神经系统改造”。经过改造的小孩子可以成为医生、飞行员，还有警卫。不过我想，无论是否经过神经系统改造，我们所有人也都已经被联邦操控了。

“天蝎。”我回答道。

“口令无效。”小女孩说完紧盯着我们。

难道奥利维亚中尉真的没有权利进入吗？难道她以前是秘密潜入机构的？我还没来得及细想，下一秒奥利维亚竟然以迅雷不及掩耳之势从衣兜里掏出来一把匕首！

紧接着，更让人惊讶的事情发生了。小女孩的大脑出现了“短路”！没错，就是那种旧电脑经常会出现的“死机”。

被改造过神经系统的小女孩看着眼前的匕首，仿佛癫痫发作一样，身体不停地抽搐，眼球不安地乱转，连嘴巴也不受控制地来回张闭。

奥利维亚的匕首停在距离小女孩面前五毫米处，这一场景也似乎让小女孩体内的多巴胺直冲大脑，使她变得神志不清。她不会是把匕首当成甜甜的糖果了吧？

“快开门！”奥利维亚命令道。

小女孩突然镇定了下来，眼珠不再乱转，嘴巴仿佛定住一样保持微张。咦，她流口水了吗？

天哪，她真的流口水了！她把匕首当成糖果了！

奥利维亚把匕首递给她。

女孩接着按下门边的按钮，门自动开了，我们抬腿进去。在门自动关上之前，我们清楚地听见小女孩将塑料匕首掰成了两半，“咔嚓”。

第十八章

“嘶——”

耶！大门关上了。没有任何意外，一切都进行得十分顺利。

我们正处于一个比较昏暗的房间里，屋内的照明十分微弱，即便是这样，我也能清楚地看见奥利维亚中尉正在注视着我的蓝色眼睛。这种目光让我感到十分熟悉，看来她也是想要极力装作冷静的样子，至少表现得像一位成熟的大人，就像以前的我一样。

“你之前偷偷来过这里吗？”我问。

“呃……你要来这里找谁？”

我的手臂上起了一层鸡皮疙瘩。我相信，此刻的我从外表上看一定十分镇定，然而一开口说话，声音便不禁颤抖。我在害怕。

找谁？看来这里一定是有“人”了。

“这里有许多‘人’吗？”

“现在……只有两个。不过以前有很多呢。我不在这里工作。‘他们’似乎死得非常快。这里的空气并不完全适合‘他们’呼吸，空气里的氧气、氮气还有其他的成分并不完全符合‘他们’的需要，所以除了呼吸外，‘他们’还得补充各种各样的营养以及能量，关于这些我也不是很清楚。”

有一件事我实在不明白。既然他们都能在我家的浴室里安装摄像头监视我，那么51区也一定会有警卫24小时盯着我们的行动。我们这一路早就应该触发警报了，然而奇怪的是，到现在也没有凶巴巴的警卫端着机枪、戴着面具来拦住我们。难道他们还在过来的路上？或许，他们不再对我们有兴趣了，这可是件大事。

房间里十分昏暗。过了一会儿，我发现墙上嵌着一扇深色的玻璃门。玻璃门后，是一个透明的玻璃箱。咦，里面好像有东西在动？

天哪！天哪！

我看见了它。它就坐在小小的玻璃箱里面，原来在这个昏暗的房间里面真的有个大秘密！这到底是人还是动物呢？我该称呼“它”还是“他”呢？它看起来像一只巨型昆虫，有着瘦瘦小小的白色面孔，绿色的眼珠在黑暗中泛着光。哦，对了，它的身后还长着一对像翅膀一样的东西。

小小的它像一个小天使，不过只有30厘米高，安静地坐在玻璃箱里面。

我的心脏怦怦直跳。眼前的一切让人难以置信，我努力平复自己那因为过于兴奋而变得急促的呼吸。

它注意到我了吗？我会引起它的兴趣吗？

“请允许我介绍一下：这是飞飞侠。它的危险等级比较低。”

“危险？为什么要这么讲？”

“它会突然消失，我们也不知道之后会发生什么。我建议，你观察它时最好不要离得太近。尽管这里规定，它们必须被关在玻璃箱里面，但是也很有可能门并没有锁上。”

“你刚才说它会消失？它是怎么做到的？”

“等一会儿你就会看见。”

我站在原地全神贯注地盯着它。它可真漂亮啊，现在的我可能也是一边流口水一边看着它。

“你之前已经见过它了。它有什么不同之处吗？”

奥利维亚没有回答。

接着，突然之间，它消失了。玻璃箱里只留下飘在空中的淡淡的荧光。

“它难道可以将自己变成透明的吗？”

显然，这不是疑问，而是答案。玻璃箱没有任何其他的出口，甚至连一丁点缝隙都没有，所以它不可能跑到其他地方。

“没错，”奥利维亚说道，“就是因为这样，它才可怕。”

林威斯托将军知道这件事吗？如果他知道的话，为什么之前没有告诉我呢？

“你们对它进行过研究吗？你们知道它是怎么做到的吗？”

“哎，我们也不知道。这可能与分子的变化有关。不过我只是名普通医生，不是生物学家，也不在这个机构工作，所以了解得也不是很多。这里的工作人员已经研究过它了，整个过程中它都得保持看得见的状态。到目前为止，它没有用任何我们能够理解的方式和这里的工作人员说过话。我们还真想听听它对这个地方的评价呢。”

“也许它对你们根本不感兴趣？”

“嗯，也许你说得没错。”奥利维亚说道。

“天才总能一下子找到真相。”我说。

“对了，另外一个呢？”我深吸一口气，问道。

“低语者，它……”

不知道为什么，奥利维亚刚说完它的名字，我的后背就像一阵冷风刮过般起了一层鸡皮疙瘩。

“低语者很危险，很神秘，就像你一样。”

第十九章

房间里还有一扇几乎一模一样的玻璃门。门后是一个超级大的房间，中央矗立着一个粗粗的泛着绿光的圆柱形玻璃容器。玻璃容器上向外连接着数不清的导管，而里面坐着的则是这个机构里的另一个大“秘密”了。突然间，一股从未有过的悲伤涌上我的心头，这种感觉我莫名的熟悉。

奥利维亚中尉指了指挂在门边的白色头盔，点头示意我把它拿下来。

“把它戴到头上，否则低语者会窥探你的思想。”

“真的吗？”

“是的，虽然我们还不知道它是怎么做到的，但是它确实有这个能力。这里的一切研究都很严谨，所以你不需要质疑。”

“它有超能力吗？”

奥利维亚中尉不满地“哼”了一声。

“喂，你非要到这里来，甚至威胁要杀了我。”

“低语者都能做什么？它有心灵感应能力吗？或者其他的什么能力？”

“就像我之前说的，我们也不知道。但是，第一批对它进行研究的工作人员在研究之后就变得精神不正常了。它似乎是对这些研究人员的大脑进行了扰乱，或者给他们灌输了一些不好的思想。过了没多久，他们就死了。”

“怎么会这样？”

“研究期间，一切都很正常，但是之后……所有研究人员都发生车祸去世了。有一位开车从悬崖边上冲了出去，还有一位直接撞上了火车。官方将这些事件都定义为意外事故，但是大家都怀疑，这些事故的根本原因与这项研究有关。换句话说，研究人员都被低语者操控了，他们的大脑都被进行了某种格式化。甚至有人认为，低语者对这些人进行了催眠，不过没有人听过低语者开口说话。”

“你们确信低语者才是造成这些事故的凶手吗？”

“这里是美国最顶尖的研究基地，造价达到几十亿美元。在这里工作的所有研究人员都要通过一系列十分严谨的身体以及心理检查，只有这样，他们才能获准留在这里。而在所有人当中，能够在这个机构工作的更是很少。因为有规定，我不能把他们的名字告诉你。”

“但是……”

“但是我们害怕外星生物会对他们做不好的事，或者利用他们做一些疯狂的事情，比如说启动核战争。”

“有其他人知道我们两个在这里吗？”

“当然了，大约有三十个人一直在监视着我们。”

“为什么他们不进来阻拦我们？用气体把我们迷晕？”

“因为他们怕伤害到玻璃后面的脆弱的小生命，即使是一点点小动作也可能对它造成无法逆转的伤害。但是也有可能是因为他们本来就希望你来到这里，也许他们想要看一看你是否有优秀的创造力和能动性。哎，我也不知道，总之你已经来到这里了。你想要离它更近一些吗？赶快做决定吧，你的时间可不多了。”

“我想！”我回答道，“我现在就过去。不过你可以留在这里吗，奥利维亚？你得把糖给……”

“你快去吧，不要忘记戴上头盔。你要记住，低语者完全有可能知道你脑子里在想些什么。”

第二十章

我按照奥利维亚的要求戴上了头盔，戴上之后就更像一位职业摩托车手了。然而这真的有用吗？它真的可以抵御低语者对大脑的入侵吗？难道头盔里安装了某种 NASA 开发的反心灵感应设备？或者说这个头盔能放射出 X 射线，就像医院里的设备一样？

玻璃门打开了，我迈进了屋子里。伴随着一种被呼唤的感觉，我越走越近。

低语者转过头来。我很确定，它正在看我。一只巨型昆虫，然而却有一种奇特的美感。它看起来并不危险，反而十分悲伤。

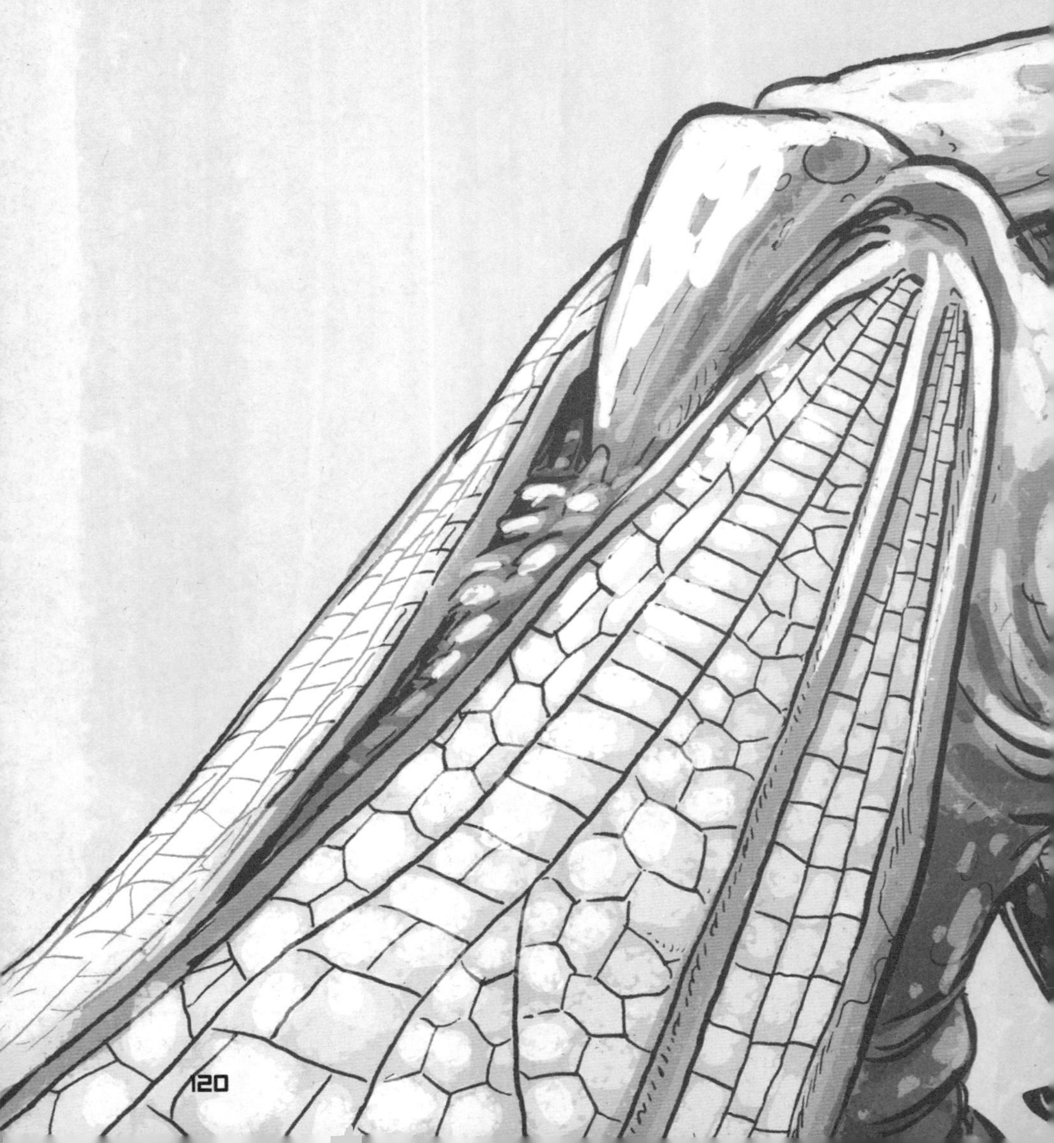

低语者难过地坐在玻璃容器里面，伸了伸六个手指头。它身上的颜色不停地变化着，但是大部分时间还是绿色的。

我不知不觉地抬起手，落在空中，双手在空中比画，就像在弹奏一首简单的钢琴曲那样。在我很小的时候，爸爸就每天让我练习弹钢琴了。

什么！我的心脏突然加速跳动，几乎比平时快了两倍。我实在不敢相信，低语者竟然和我同时做出一模一样的动作。它一定是读取了我的思想，就算是有头盔也无法抵御它。但是，我并没有被这个事实吓到，相反，我竟然有点高兴，我们两个现在有共同的秘密了。

我又开始跳舞，低语者也以自己的方式开始跳舞。它的舞步非常快，最后我甚至都难以看清它偌大的身影，只能分辨出空中正在舞动的彩色线条，在灯光的辉映下，显得十分漂亮。我情不自禁地笑了起来。这就是机构里的头号危险人物?

我笑弯了腰。低语者也朝我弯下了腰。它的头顶伸出了两根长长的触须。

它现在是感到很高兴吗?

宇宙里真的存在这样的生命，它们与人类拥有同样的喜怒哀乐。我想，低语者一定一直感到非常孤独吧。

我慢慢抬起双手摘下了头盔。

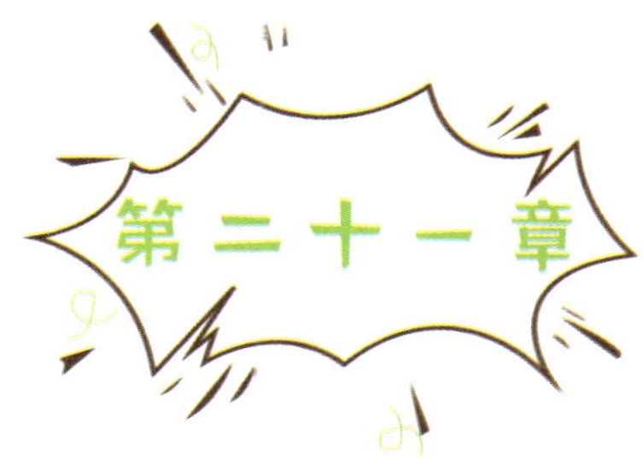

第二十一章

一秒钟之后，我的脑袋里出现了低语者的声音。它所说的话非常奇怪，但是我能够理解这些美妙的词语：

“璀璨的星光后，低矮的山坡下，它填补了缝隙。

它游荡在前方，又紧随于身后，

让生命与笑声黯淡无光。”

显然，这是低语者给我出的谜语。答案到底是什么呢？

奥利维亚中尉通过我脸上的表情知道一定有什么不寻常的事情发生了。她打开门冲进了房间。

她的头上戴着头盔。

“你听见它和你说话了吗？”她拖着我往门外走，“你看起来脸色很苍白，它朝你喊话了吗？你知道了些什么？你现在看起来非常虚弱。”

我的大脑和心脏正以相同的频率跳动，我努力将呼吸调整成同步的节奏。之前，我从未感受到大脑的跳动。大脑只是由脂肪还有些其他的物质构成的，它无法感受到疼痛。但是，现在的大脑传递给我十分痛苦的感觉，就像是想让我感受到低语者的孤独和悲伤。

“告诉我，它说了什么？”

“我……我什么也没有听到。”

我在奥利维亚中尉面前撒谎了。

“玛丽，小心点，它可是有致命危险的。”

说完，她坚定地拽着我的胳膊拉着我走出了房间。我本以为迎接我的会是一群警卫，然而并没有人，这也让我心中的疑问又增多了。这个地方真是充满了秘密啊。

第二十二章

“它们是从哪里来的呢？”

“我不知道。”

“别骗人了，是开普勒星系吧？”

“不是。事实上正如你之前所说的，外星生物坐着宇宙飞船来到地球上，在这里扎根。它们就像搭便车一样来到这里，这种事情经常发生。我们知道它们的存在已经有一段时间了，然而我们不知道，它们是从哪个星球来的，到底来了多少个，来自哪个星系，还有它们的生活环境到底是怎样的。这些对我们来说都还是未解之谜。在来地球之前，它们也不会用无线电给我们发信息。我们能够拥有两个外星生物做研究完全是个美好的意外。”

我的脑海里翻滚着无数想法。为了消化所有的信息，我还需要点时间。最重要的是，宇宙中真的有其他生命！人类并不孤单！我使劲掐了下自己的手臂，告诉自己这不是在做梦，然而这还不够，我迫切地想要咬些东西，以缓解内心的激动。

“这个消息对于整个人类社会来说简直是太疯狂太不可思议了。你们打算公布低语者和飞飞侠的存在吗？”

“到了一定的时候我们当然会告诉所有人。”

事实上，我对“宇宙飞船”这个说法抱有怀疑。低语者的体形非常大，它不可能蜷缩在宇宙飞船里，穿越几千万光年，飞过冰冷的太空来到这里。我几乎就要将质疑说出口，但是转念一想，我还是应该保持冷静，毕竟就在不久前我还拿玩具手枪威胁了她。

“我想要和林威斯托将军见面，”我说，“现在就去。”

“很不幸，他病了，”奥利维亚飞快地回答道，“突发的心脏疾病。我可以替你转达对他的问候。”

“你们会怎么惩罚我？我可是威胁你带我来这里的。”我问道。

“没有任何惩罚。”奥利维亚说道。

“真的吗？”

“嗯。”她说。

然而我还是开始感到恐慌。

“去睡觉吧，玛丽。好好放松，还有休息。如果你的大脑接收到了任何奇怪的信息，一定要告诉我。我并不是在开玩笑，这个事情十分严肃。如果别人把你当作危险性人物，对于你来说，这一切就都结束了。你不仅不能和大家一起开始外星旅程，还会被列为有重大威胁的人物单独关起来。所以，无论听到什么，或者低语者和你说的任何话，都要记得告诉我。”

“事实上，它真的什么也没有和我说。”我回答道。

我又对奥利维亚撒谎了，我不能把一切事都告诉她。我想要离开这里，离得远远的。

在之前挨了一拳后，我的肚子还是很疼。

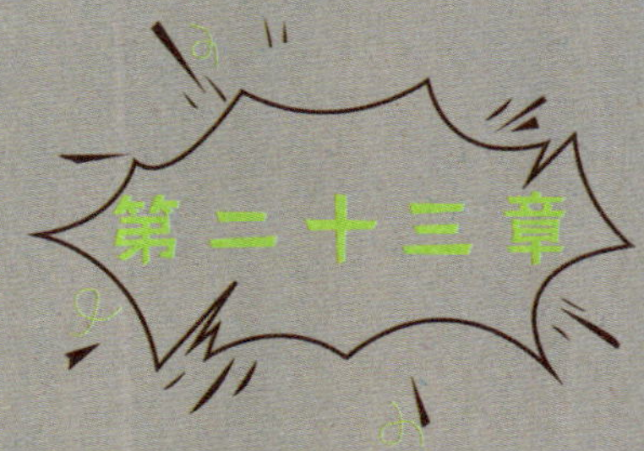

第二十三章

低语者说的话到底是什么意思呢？它真的能够知道我在想什么吗？这是不是它留给我的信息？但是这个谜语真的有答案吗？为什么低语者、飞飞侠还有其他外星生物的存在不能告诉所有人？为什么关于它们的事情要保密？

“璀璨的星光后，低矮的山坡下，它填补了缝隙。

它游荡在前方，又紧随于身后，

让生命与笑声黯淡无光。”

睡不着的我在床上滚来滚去，一直在想这个谜语。我有一种房子在逐渐缩小的感觉，这狭小的房间让我感到窒息。这里没有安眠药，他们也不会发给我们的。

第二天，我早早地起床来到客厅。其他人都还在睡觉，我踮着脚偷偷来到走廊。

下一秒我就愣在了原地——走廊对面的电梯门打开了。

我的眼前出现了灯塔般高大的黑影，我立刻反应过来，这一定是长得很像人类的外星人。

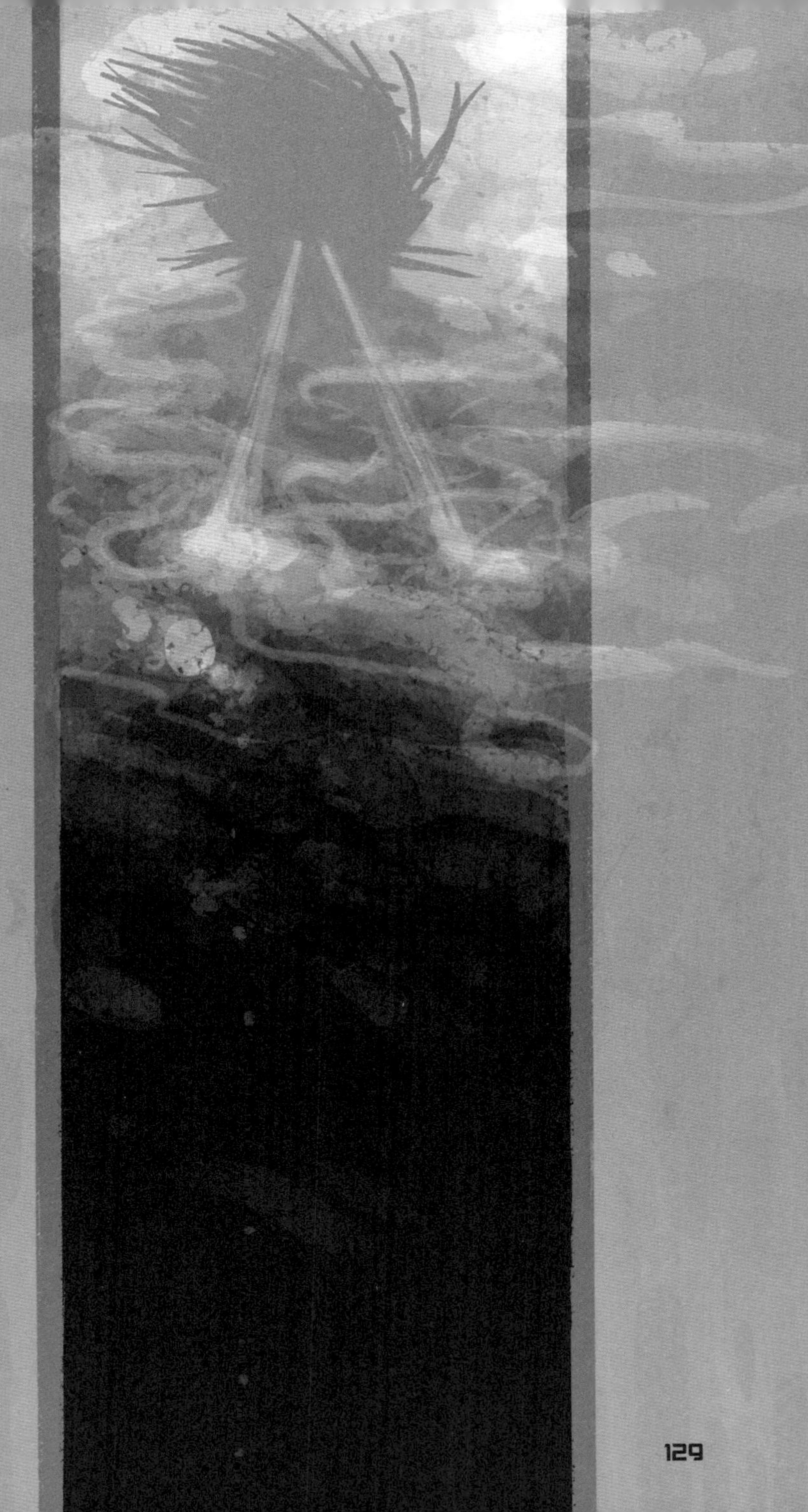

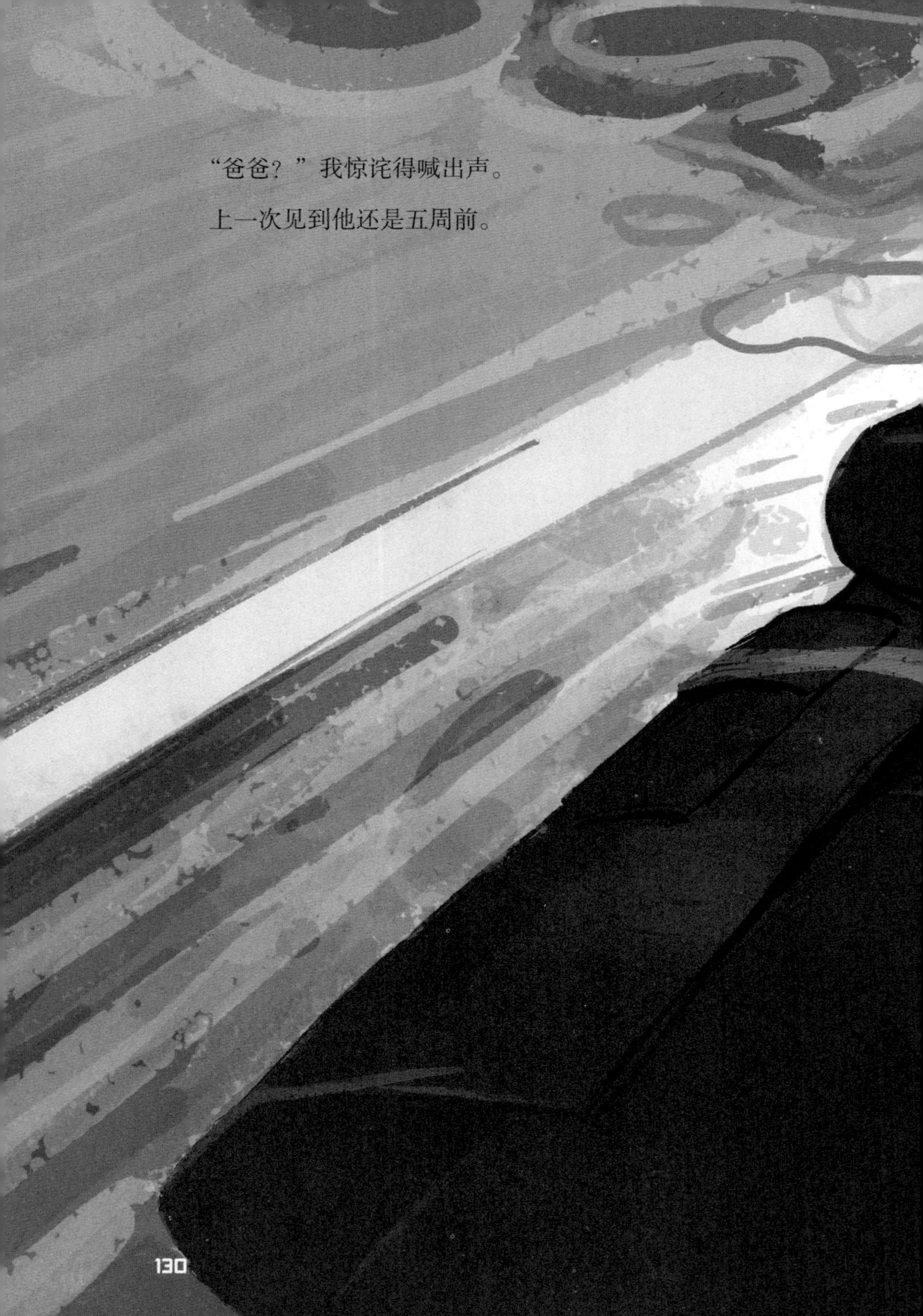

“爸爸？”我惊诧得喊出声。

上一次见到他还是五周前。

他很努力地想要对我笑一笑，然而这只让他看起来格外紧张。“好久不见，玛丽。你过得怎么样？”

我仰起头看着他，不知道该说些什么。我有一百个问题想要从他那儿得到答案，比如他为什么会出现在这里？但是最终，我一个问题也没问出口，成堆的问题就像是一团毛线，塞住了我的喉咙。

“带我回家。”我说，“我不想再待在这里了。”

“我现在有点忙，玛丽。晚点我会到你的房间去找你。我有很多……了不起的事情要告诉你。”

电梯门关上了，爸爸离开了。

“我现在有点忙”，这句话从我还是个婴儿的时候开始，就伴随着我长大。对于现在发生的一切，他知道多少？我在做梦吗？不，不是。爸爸的声音听起来十分真实。

我本应该紧跟在他的后面，看他到底要做什么。然而疲惫的大脑已经无法再对沉重的身体下达任何行动的指令。我有一种预感，仿佛自己正在奔赴生命的尽头，孤独地，没有任何亲人陪伴地死去。

我好想大声地哭出来，但是甚至连这个我也做不到。现在的我十分想念低语者的陪伴，比想念埃里克还要多。

我必须离开这里。现在。

第二十四章

我环顾了空荡荡的走廊，又看了看面前的电梯门。我要怎么出去呢？这里的电梯与宾馆里的完全不同，我怎么也找不到能够帮助我重新回到地面上的按钮。我胡乱选择了一个按钮。就在这时，我本能地感觉到有危险正在接近我。这种感觉十分不好，恐惧侵袭了我的大脑：糟糕，我马上就要和低语者一样，被抓到玻璃箱里关起来了。没有人会站在我这一边。

“嗨，玛丽，你要去哪儿啊？”

我转过身，是奥利维亚。

又是奥利维亚。总是奥利维亚。

“我睡不着，想要出去转转。”我回答道，“这里的空气闻起来臭臭的，我想要出去呼吸新鲜的空气。”

“这只是你的错觉罢了。”

“也许吧，反正我就是这么感觉的。此外，我还想看一看星星呢。内华达州的天空一定比其他地方的天空更加清澈。难道我不可以出去吗？这里难道是监狱吗？”

奥利维亚一定听到了，我的声音在不停发颤。是的，我在害怕。

“我带你上去。”奥利维亚说道。她目不转睛地盯着我，睫毛甚至都没有颤动一下。

“我很抱歉拿手枪威胁你，对不起。”我向她道歉。

“不要放在心上，”她说，“你为武器制造做出了巨大的贡献。明天武器专家想要和你交流一下。”

我感受到一丝诡异，现在的奥利维亚，就像是非洲大草原上的母狮，蓄势待发，准备向猎物进攻。看起来十分平静的她比之前任何时候都让我恐惧。我努力让自己相信，她说的都是真的，她很喜欢我，愿意带我上去，她不是机器人，她是我的朋友。

心脏怦怦直跳，我闭上眼睛，半秒钟之后迅速睁开。

这时，奥利维亚正伸出双手，虚空环抱住我的上半身。脖子上传来一阵刺痛，紧接着我便不受控制地向左倒去。

“不——不！爸爸！”我努力地想要求救，然而嘴里只能冒出奇怪的声音，“爸……爸……”

第二十五章

我仿佛睡了很长的一觉。睁开眼时，我发现自己正被透明的玻璃包围着，即使睡了很久，仍旧四肢无力，这让我确信，他们一定是给我注射了麻醉药，让我只能老老实实地躺在这里，动弹不得。

我十分清楚，已经发生的一切都是真实的。我被关在一个玻璃舱里。我想，在从地球飞往开普勒 62 号星系之前的这一段时间，我都会在这里度过。整个过程中会有无数的电子设备还有扫描仪来监测我的脑电波，甚至记录下我所做的梦。我的双手被牢牢地绑在身体两侧。之前培训的时候，教官已经告诉我们了，到时候可能要把我们绑起来，然而我还是觉得自己正身处恐怖电影中，“被关在疯人院里的女主角”，不是吗？

脖子的左侧还是传来阵阵刺痛，所以我推测距离奥利维亚将我打晕到现在并没有过去很久。我们不是要在三个月之

后才出发去开普勒星系吗？还是我有什么地方理解错了？难道我已经完全丧失了时间感？我已经躺在这里三个月了吗？天哪，我不会肌肉已经萎缩得只剩下一副骨架了吧？

我全身上下没有一丝力气，连动一动脚指头都十分困难，我只能竭尽全力让自己保持清醒。但是，我还是失败了。再一次，我陷入了沉睡中。正如教官告诉我们的，这一切都是为了我们好。

我们会陷入沉沉的睡梦中，大脑停止运转，整个人进入冬眠状态，体内的各个器官也会进入休息期。这就是人工昏迷。

“我不要……”我小声地嘟囔道。

这一切都是药物带来的影响吗？我好像看见了林威斯托将军，他消瘦的面孔隐隐约约飘浮在我视线的正上方。他不停地喘着粗气，显然病得很重。我看见他开口对我说话，而我则仿佛正身处水下，内心充满了恐惧。这时，我听见他对我说：“不要怕，玛丽。我是来向你转达你爸爸对你的问候的，他原本……”

打入我体内的药再次发挥了作用，从四肢到大脑，我知道，很快我就会彻底失去意识。

我努力挣扎了下身子，让自己不那么快地昏睡过去。林威斯托将军严肃的目光让我十分害怕。他又对我说了几句话，但是我已经不能将他说的那些美妙的词语连成句子了，它们就像流星一般，飞快地在我的脑海中划过。

“玛丽……一切……你们……淘汰……未来……新世界……新的希望……”

我的大脑无法再处理任何信息，但是其中有一个词让我感到很熟悉：淘汰。爸爸在打猎的时候经常会用到这个词语，不过在这里，它应该有另一层含义吧。

我十分害怕。我能感受到，有个人似乎想要将我拉进深渊。我好像看见了一个又大又深的黑洞，我则在逐渐下坠。耳边传来冰冷的机器播报声音，从10开始倒数。

10
9
8
7
6
5

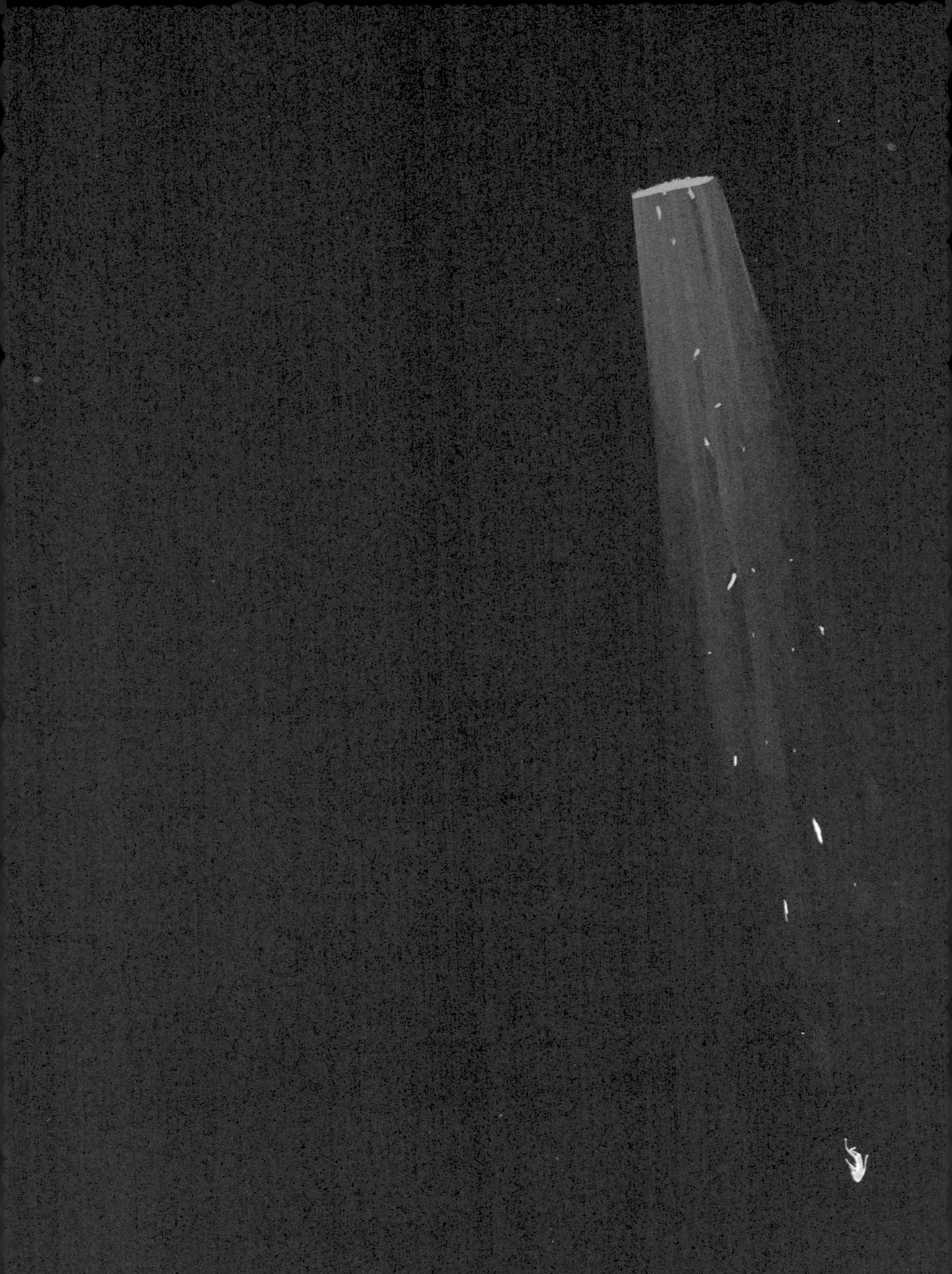

在倒数到 0 之前，我突然想到了低语者所说的谜语的答案。